赏宝大开门

听泉 著

民主与建设出版社
·北京·

© 民主与建设出版社，2024

图书在版编目（CIP）数据

赏宝大开门 / 听泉著. -- 北京：民主与建设出版社, 2025. 1. -- ISBN 978-7-5139-4826-5

Ⅰ. I247.81

中国国家版本馆CIP数据核字第2024VG6204号

赏宝大开门
SHANGBAO DA KAIMEN

著　　者	听　泉
责任编辑	郭丽芳　周　艺
封面设计	沐希设计
出版发行	民主与建设出版社有限责任公司
电　　话	（010）59417749　59419778
社　　址	北京市朝阳区宏泰东街远洋万和南区伍号公馆4层
邮　　编	100102
印　　刷	河北鹏润印刷有限公司
版　　次	2025年1月第1版
印　　次	2025年1月第1次印刷
开　　本	787mm×1092mm　1/32
印　　张	6
字　　数	65千字
书　　号	ISBN 978-7-5139-4826-5
定　　价	52.00元

注：如有印、装质量问题，请与出版社联系。

序　言

　　我为烟台芝罘人氏，生于丙子年。唯天资愚钝，少时尝游戏于市井，因机缘巧合得识孔方兄。如良驹遇伯乐，流水得知音！后益发奋，读四书五经，习唐诗宋韵，又与百家争鸣！余生于海滨之城，少学之时尝于先学前辈方家听涛赏泉，故号：听泉。恰逢盛世，于互联网平台交流平生所见所好，虽有井蛙之嫌，然毕竟术有专攻，业已经年。不足为博雅之君一哂，倘有同道方家，气味相投者有以教我，则幸甚。

甲辰年立秋，听泉

瓮中之鳖　085

细裂穿体　095

天涯两端　103

地狱归来　115

博物之遇　127

一眼真假　141

听泉之缘　149

天外有天　161

目录

「鬼市」将开 … 001

初现天赋 … 009

天选之子 … 017

古玩即我 … 031

打眼认栽 … 039

开门见山 … 045

才子佳人 … 055

再探「鬼市」… 061

逆天「大漏儿」… 069

望气鉴伪 … 077

「鬼市」将开

芝罘海滨，某日寅时三刻，一少年踏着单车朝着海风吹过的方向前行。至卯时，东方微白，少年靠上车，来到花鸟市场门口，恰好"鬼市"将开。所谓"鬼市"，是传统古玩行业的交流之地。天蒙蒙亮时开市，日上三竿时即收。正因如此，充满了神秘色彩。往来小贩或是户家把收的古董或者家传旧货拿出来交易，天蒙蒙亮时看不清交易双方是谁，只管支着手电看货。更不问来路，随后钱货两讫，"捡漏儿"也好，打眼、"吃药"（买到假货）也罢，不找后账！

少年穿梭于人群之中，在各摊贩之间踱步，忽而目光停留在瓶瓶罐罐之上，忽而又拿起成串的古旧铜钱用手电筒打光，聚精会神地挑选。不知不觉已然日出东方，朝阳照在少年脸庞上，青涩的面颊上挂着一粒粒汗珠。此时，少年正在拨弄一串光绪通宝，忽而看到其中一个钱币，铜质特别黄亮精纯，字口纤细如发，在一堆凡物之中显得"气质"不凡，出类拔萃。

少年拿在手上顿有爱不释手之感，随后故作镇定，笑嘻嘻地跟那个小贩说："老板，拉拉手吧。"所谓拉手是"鬼市"独有的谈价方式，通过拉手比画，讨价还价达成一致即钱货两清。一番拉扯之后，小贩面露不悦之色，讨价二十五元，少年摸摸口袋有零有整，只剩十五元五。少年纠结半天，无奈之下，他灵机一动，摘下手上的老银戒指，跟小贩商量："大叔，实在不好意思，我就这些钱，全给您，这个名楼款（指旧时大的银楼，类似于现在的名牌）的老银戒指也搭给您。这个东西我实在喜欢，您就匀给我玩儿吧。"

小贩心中窃喜，想着这小孩真傻，为了一个破铜钱，戒指都不要了。这老银戒指看着精致，怎么也能卖上五六百元，今天算是收摊之前得了个便宜。他心里欣喜，面上却正色道："原本这个少了是不卖的，我要个戒指也没什么用。但看你是个孩子，也看得出来你是真喜欢，大叔就当半卖半送给你。就算十二块五搭上这个戒指，剩下三元钱，你去吃早餐吧。不早了，我也该走了。"

少年如获至宝，拿根绳子把光绪通宝串挂在胸前，骑上单车沿着海滨往家中赶，口中哼着小曲，脸上的汗珠早已被海风吹干。

回到家中，少年反复把玩搓磨，越看越不解。光绪通宝是清代晚期产物，那时清王朝已经日薄西山、朝不保夕，为何一枚普通的小平钱能如此精致，可谓妙至毫巅！少年困惑之间，想着网络上应该有方家可问道解惑，于是用家中破旧的数码相机，从各个角度拍摄了一下，发到论坛之上。虽因相机问题图片不甚清晰，但是很快询价之人便络绎不绝。有出一两千元的，有出三四千元的……少年问遍各路大神，却没有一人为其解惑，只问多少钱能交流。这让少年从开始的不解到越发迷茫。

少年已跟上百个网友交流探讨，均无结果。直到几日之后，有个叫光头的网友告诉少年，这是一枚光绪母钱。所谓"母钱"是铸钱之母，也就是铸造普通钱的翻铸模型，所以特别精美，"气质"非凡。此人愿意出八千元跟少年交流购买。两人交流良久，少年觉得这光头哥倒是个实在人，能告知真相也算学习了，就跟光头哥说："你愿意告诉我，我也不要八千，五千八百八十八，图个吉利，交个朋友，剩下的算我的学费。"盛情难却，光头哥假装客气，推托了一下，就痛快地跟少年达成了交易。

少年心想：今天算是学习了，也得到了应有的回报，五千多元足够让自己在"鬼市"扬眉吐气了。电脑另一端的光头哥笑得合不拢嘴，这枚光绪母钱那么漂亮，他真心喜欢，至少是几万元的东西，这孩子真不错！光头哥一想：少年所在的地方应该有不少东西，人又实在。他就跟少年要了联系方式，少年觉得自己遇到了大客户，又懂行又能出价，便欣然交下了这个朋友。

初窥天赋

一到周末，学业之余，少年便深耕于"鬼市"之中，问道于方家之间。每遇漂亮的钱币这样的小杂件，他都凭喜好和热爱出价购买，很快那五千多元就所剩无几了。

直到一日，"鬼市"有位老者叫住少年，对少年讲："我看小友是真心喜爱之人，我有一枚好钱珍藏多年，现我老迈，想找个有缘之人。这样吧，等闭市小友随我到寒舍一叙。"日上三竿，少年随老者来到老者家中。寒暄之后，老者拿出一枚古钱，正面上书"乾隆通宝"，背面是满文

宝苏（苏州宝苏局），文字为宋体风格，精美异常。古钱的直径远比常见的大，且正面刻双龙戏珠图案，背后为八宝海水江崖图。

少年眼前一亮，乾隆通宝常见，平时比比皆是，但他从未见过如此的乾隆通宝，便小心翼翼地询问："老爷子，这个您打算怎么出让？"老爷子笑了笑，用手比画了一下，少年小心翼翼地问："八十？"老爷子摇摇头。少年又小心翼翼地问："八百？"老爷子笑着摇摇头，告诉少年："老朽藏了半辈子，都没见过这样的乾隆通宝，必然是个好东西。我是看小友诚心喜爱，就不二价，八千。"少年心中一惊，从小到大，从未花如此巨款去买一枚铜钱，觉得东西好是好，可是一来心里没底，二来囊中羞涩！纠结半天，少年只好告诉老爷子："我没有那么多钱，东西是喜欢，但是太贵了，您能否……"老爷子不作声，只是笑着摆摆手，把东西收了回去。

少年心里七上八下的，问老爷子可否留个图做纪念。老爷子笑笑，说："好！"于是，少年回去取来数码相机，小心翼翼地拍了几张图。再走出老爷子家时，失落感和挫败感接踵而来，少年只感觉整个人浑浑噩噩的。

当日晚上，少年辗转难眠，总觉得错过了不该错过的东西。次日，少年还是忍不住把图片发给了上次购买光绪母钱的光头哥，并告诉光头哥，有个东西他觉得不错，但是老先生要八千元，觉得太贵了，不敢要。另一头的光头哥看到照片，捶胸顿足，大骂少年糊涂，遂追问少年："此乃神品，可否将东西追回？"少年大惊，飞速骑着单车赶往老爷子家。少年礼貌地敲开了门，寒暄问好之后，小心翼翼地问："老爷子，上次那个东西我还是喜欢,心里记挂,今日好不容易凑足了钱,能否相让于晚辈?"老爷子笑了笑,摆摆手说:"小友,上次你犹豫了,看来你还不够喜欢。我只想给它寻个好去处,凡事看缘分,缘分未到不可强求。"

少年沉默良久,道:"老爷子,能见到这个东西,我觉得此物还是跟我有缘分,我也是好不容易才凑足这点钱,希望您能够成全。"老爷子笑笑:"小友,机会只有一次,还是下回再说吧。"少年慌忙之中迸出一句话:"老爷子,如果非要再给我一次机会,那该是什么价?"老爷子稍加思索,伸出了五个手指。他心平气和地告诉少年,现在五万元,且这是最后一次机会。

少年心中十分沮丧,却又无可奈何。他思索良久,觉得已然错过一次机会了,又一次机会摆在自己眼前，但是五万元对于一个中学生来说简直就是天文数字。少年眼神里满是坚毅，或凭着热爱，又或是凭着年轻气盛一腔热血，他对老爷子说："老爷子，东西我要了。不过，我实在拿不出那么多钱，能不能容我两日，让我凑凑？"老先生还是满脸笑意："那好吧。但是小友，还是那句话，这是你最后一次机会了。"

从老爷子家出来后，少年坐立难安，心里既开心又后悔。开心的是，即将拥有如此神品；后悔的是，古玩行一诺千金，既已答应老先生了，就不好反悔，可两天时间，哪里去弄五万元钱呢？少年忐忑不安地问光头哥："人家现在涨价了，要五万元。"光头哥看到消息，心中大喜，却假装犹豫地告诉少年："五万虽然很贵，但是东西我太喜欢了，要不咬咬牙买了吧。看在你人不错的分儿上，我再给你加一点。"少年一听，如释重负，心中的大石头像落地了一般。

当光头哥拿着东西，仔细审视每个细节时，脸上笑意难掩。"总有人间一两风，填我十万八千梦！这可是乾隆苏局的试铸样钱刻花，当时专为庆典铸造所用，档次极高，比上次那个母钱好一百倍！朋友，你很有天赋，也很有运气，你是个不可多得的人才！"光头哥拿着那乾隆试铸样钱（试铸样钱，是指当时铸钱局铸造的样品，就跟今日银行的票样一样，不过当时可能出于各种原因并未参与流通），开心地告诉少年。少年听后既喜悦又错愕！喜悦的是，得知了这个乾隆试铸样钱的真正价值，也圆了对老爷子的承诺；错愕的是，如此逆天的"大漏儿"自己竟然错过一回，后又无法留住！从此，少年便下定决心，要好好学习知识，从此浏览先贤总结的典籍资料到深夜，奔走问道于各路方家。

天选之子

一年的光阴飞逝而过,少年通过自己的聪明、勤奋和惊人的天赋,不单成为当地小有名气的鉴定专家,"捡漏儿"了若干母样钱,攒下了不少历代的古钱小精品,并涉金铜玉杂,还以优异的成绩考入了高等学府。因自己的热爱与执着,他不顾家人的反对,义无反顾地填报了比较冷门的考古专业。

上大学之前的暑假总是轻松惬意的,当同学们都忙着打游戏、谈恋爱的时候,少年却总想去看看外面的世界,跟全国各地的藏友方家

交流学习。少年在论坛上看到某地有交流会，届时全国各地的有识藏家和商人都会到场交流。少年想到一直跟自己交流的光头哥大概经常去这种大型会展，于是就问光头哥去不去交流会。光头哥想着少年的光绪母钱和乾隆试铸样钱，早想见一见这个少年，便说："那我们一起去吧，吃喝开销我都包圆了。"少年提前买了去往陌生城市的火车票，每天都数着日子。终于到了交流会开始的前一日，少年满怀憧憬地踏上了列车。

大半天颠簸后，少年来到了从未到过的城市，光头哥早已在车站门口等候。只见一清瘦、白皙的少年，眼神如一汪清水，清澈且带着光芒！两人相谈甚欢，大有相见恨晚之感！寒暄过后，他们便结伴打车前往古玩交流会所在的酒店。所谓"古玩交流会"，就好比旧时古玩行的窜货场，

就是行家把自己想交流出让的货品摆放在酒店房间内，大家互相串门，看中后议价购买，也可以货易货。

到了酒店，少年第一次见到这么多的同好，不乏论坛上的"大咖"，也第一次见到那么多前所未见的好东西，都是自己熟悉的那个"鬼市"一年难得一见的或是自己从未见过的。少年仿佛进入了一座宝库，里面是古玩的天堂、知识的海洋。少年兴奋地在其中畅游，一一进入每个房间欣赏、问价。大约跑了三四层楼四五十个房间，时间到了深夜，少年竟一无所获，能看上的东西有很多，但是一问价格，跟自己心中想象的都有很大的距离！摸着自己的口袋，少年顿觉囊中羞涩，无法下手。一时间，他有种颠覆认知的挫败感，觉得这个价格体系根本就是自己无法理解的。他的兴奋之情也渐渐消退了下来，一脸蒙地问光头哥,为什么他们的东西都那么贵。光头哥笑了笑,告诉少年:"古玩交易本身就是你情我愿,双方认可的事情,觉得贵你就不要。有时候你对一件东西的认识够了,往往就不觉得贵了。买自己喜欢的、能理解的不就可以了?不然天下那么多好玩的,中国上下五千年文化,你怎么可能都买得动呢?"少年若有所思地点了点头。光头哥说:"兄弟,不早了,我们该回去休息了。明日一早,交流会还有早市,很热闹的。到时候我们一起去玩一玩,碰碰运气!"

次日天才蒙蒙亮,少年就大喊:"光头哥!光头哥起来了,去'捡漏儿'了!"光头哥半梦半醒地说:"兄弟,天都没亮,交流会早市不比'鬼市',你疯了吧?"少年说:"光头哥,我睡不着了。要不去吃个早饭,我们边聊边在那儿等人。"光头哥无奈,极不情愿地起床洗漱。天刚亮,两人吃完早餐,就走到开市地点等着。所谓的"交流会早市",主要是趁着大会,各路行家聚集时方便所在地小玩家来摆摊交流出货。天色渐亮,摆摊的陆陆续续进场。少年没等他们摆好,刚拆包就上前一个摊位一个摊位地看。

约莫半个小时后,可能少年本就是天选之子,又或许是天道酬勤,少年在一位当地藏友的收藏册中翻到一枚嘉庆通宝,穿口肥大,中间方孔特别狭小,铜质金黄泛红,拿在手上颇有压手之感。上面的文字细如刀削斧砍,细如发丝!美中不足的是边微微卷曲。光头哥站在少年身后,看他拿在手上的物件,不由得倒吸一口凉气,心中暗惊,这孩子的泉缘(遇到好的古钱的概率)真好!少年心中也有底气,心想:又是一枚母钱,虽边有磕碰,但是精美到如此程度,自己的印象中应该是仅见的。于是,他试探性地问货

主:"大哥,这个东西我喜欢,要价几何?"货主似心有底气地告诉少年:"这个是母钱,可不是普通嘉庆,想卖八千。"少年心中想着边有微卷也算瑕疵,价也不便宜,这人懂行,但是耐不住心中喜欢,于是跟货主讨价还价,计较了好一番。光头哥站在少年身后,脖子上已经沁出了豆大的汗珠,想着如果少年放下了,自己肯定毫不犹豫地直接付钱。古玩行的规矩:双方在谈价的时候,另一方哪怕是朋友,也不能多嘴。良久,货主感少年之真诚,七千二百元让给了少年。光头哥脸上毫无异样,心中却如一块大石头落地了一般,不由得长舒了一口气。

随后,少年跟光头哥一边逛一边聊天,又各自随便买了几个漂亮的小东西。其实光头哥早已无心其他,一心惦记着少年口袋里的那个嘉庆通宝。等到早市收尾回到所在酒店,他们逛了几个房间，跟几个朋友交流寒暄一番后，就到了午饭时间。光头哥跟少年讲："你第一次出来，哥请你吃顿好的。"于是带着少年打车来到一家颇有档次的铁板烧店，点了两份套餐。少年吃着美味的食物，不断地感谢光头哥："光头哥，你真客气，都让我有些不好意思了！以后我这里有啥你喜欢的东西，我都不会吝啬。"

光头哥见气氛烘托得差不多了，便假装满不在乎地对少年说："其实你今天淘换的那个嘉庆通宝，我蛮喜欢的，可以让给我玩玩的话，那当然是最好了。"少年有些为难，因为那也是自己心中真爱，他没有见过工艺那么好的嘉庆通宝，所以哪怕有瑕疵，也还是花这个价格拿下了。光头哥看出了少年心中为难却又碍于面子，突然笑笑对少年说："你第一次出来跟大家交流，这样吧，我给你两万元。"话都说到这个份儿上了，少年也不好绷着了。虽然心里一直想不明白，为什么一个卷边的嘉庆母钱，光头哥要给那么多，但他还是稀里糊涂地把东西给了光头哥。

光头哥在转账的一瞬间，心里竟默默地喊出了：终于上当了！

直到晚上，少年心中还是七上八下的，终于忍不住问光头哥："光头哥，这东西我已经卖给你了，就算再好，我都不会后悔，但是你得告诉我，为什么一个边有毛病的母钱还能值这个价？"光头哥也觉少年诚心问道，相处下来知道少年并非利欲熏心的俗人，就告诉少年："这个是嘉庆通宝雕母，所谓'雕母'是母钱之母，也就是祖钱。此枚雕母虽然边有瑕疵，但是工艺特征明显，穿口肥厚狭小，用行话讲是金口未开。每一枚雕母都是清钱珍品，是制钱之基础。"少年听后恍然大悟,告诉光头哥:"虽然我卖漏儿给你了,但是我学到了知识。知识无价,心甘情愿。"光头哥心中感叹:这少年能有此格局,日后定非凡人。他自觉此生也许捡到最大的漏儿并非那些死物,而是面前这个活生生的少年。

交流会结束后,少年利用假期时光奔波各地,淘宝学习,走街串巷,搜集世间遗珍。夜间,他频繁逛网络贴吧,观赏交流,结识了很多有道方家,并学习各种金石文字、阅读各种史书,不分昼夜地深耕此道。不知不觉两个月过去了,他凭着惊人的天赋,鉴定及学术水平已然有了质的飞跃。常见古物,多寡、真伪、定价,他已得心应手、游刃有余,并走上了以藏养藏之路,原始积累也日渐丰厚起来。

古玩即我

很快迎来了开学季,少年在父母千叮咛万嘱咐不要玩物丧志后,登上了去往高等学府的列车,踏上了充满未知的问道解惑之路。大学生活是丰富多彩的,少年凭着自学的历史知识,常能在课堂上与导师辩论高下,很快成为同学们崇拜的对象,也得到了各位导师的赏识,渐渐在学府崭露头角。

晚上同学们都在打游戏之时,少年却深耕于书籍、论坛之中,同学不解地问:"你已如此优秀,为何还沉迷此道?真不食人间烟火。"少年答曰:"热爱!你们或许把学习当作任务,也为了将来谋个好工作。而对于我来说,这不是我的职业,而是我的人生。古玩即我,我即古玩!"

学业之余,少年几乎把所有时间和收入都奉献给了古代艺术品。很快,他所在城市的古玩市场便多了一个年轻的爱好者,他常与当地行家高手交流讨论。凭着过人的天赋和对文物的狂热痴迷,少年在更大的市场和平台上获得了业内的认可。有一日,当地古玩市场有人拿出一方孔花钱,古朴有韵,线条俊秀挺拔。面上有一老者骑于青牛之上,上有丹炉,背有山川峡谷、阴阳五行。行家们都觉新奇、喜爱,却又不知是何题材,于是七嘴八舌讨论到面红耳赤。人群中忽有一少年,口中吟唱:

鸿蒙剖破玄黄景，又在人间治五行。
度得轩辕升白昼，函关施法道常明。
骑牛远远过前村，短笛仙音隔陇闻。
辟地开天为教主，炉中炼出锦乾坤。
不二门中法更玄，汞铅相见结胎仙。
未离母腹头先白，才到神霄气已全。
室内炼丹挽戊己，炉中有药夺先天。
生成八景宫中客，不记人间几万年。
玄黄外兮拜明师，混沌时兮任我为。
五行兮在吾掌握，大道兮度进群迷。
清静兮修成金塔，闲游兮曾出关西。
两手包罗天地外，腹安五岳共须弥。
先天而老后天生，借李成形得姓名。
曾拜鸿钧修道德，方知一气化三清。

众方家闻诗，茅塞顿开！原来是《老子出关图》，纷纷赞曰："长江后浪推前浪，小友高手，我等佩服！"少年一番谦虚过后，弱弱地问货主："这件东西我喜欢，可否相让？"货主答曰："小友高手，原本这东西是不卖的，然货卖行家也是应当。这样吧，小友自己说价。只要差不多，就让给小友了。"少年不假思索地伸出了五个手指，货主问："五千？"少年微笑，摇了摇头告诉货主："我能给你五万！"货主喜笑颜开："小友不单眼光独到，更是魄力非凡。"少年笑笑："那便感谢大哥雅让。"

歇市后，少年拿着东西反复揣摩，不由得感叹：心中最美，如此而已！少年之所以给货主五万元，是因为这已倾其所有，当天他口袋里也就五万元，都是几个月来凭着自己的学识以藏养藏攒下的。所谓"千金难买心头好"，少年也是竭尽所能给此物最高的敬意，至于此物的实际价值可能是见仁见智，全凭喜好。

少年想着此枚花钱他平生仅见,光头哥算是见多识广,不知道他会怎么看。于是,他用自己攒钱新买的苹果手机拍了一些清晰的图片发给光头哥。光头哥看到图片,拿着手机的手微微颤抖,竟立在原地呆若木鸡,瞬间走不动道了。少年急切地询问:"光头哥,你怎么看?"良久,光头哥回过神来,回复少年:"好,神品!"没等少年说别的,光头哥就不由自主地开始报价:"三十万?"少年:"哥,这个你到底怎么看?"光头哥:"五十万?"少年:"啊?"光头哥又赶紧补充:"兄弟,东西是你的吗?要不八十万给我玩玩吧,哥也就这点能力了!"少年心中惊愕:"光头哥,你可是认真的?别调侃我了。"光头哥告诉少年,现在只看这个图就可以立刻转账。少年反复观赏此物,越发觉得美不胜收,终究心中难以割舍,便告诉光头哥:

"这个真心喜欢，玩到今日，我没什么念想，我想留个念想。买的时候确实是倾其所有，看到的瞬间如故人久别重逢，买了就没有想卖的意思。"光头哥听闻，心中满是失落，不过转念一想，这少年确实是天选之子，自己不会看错，不如顺水推舟，便说："君子不夺人所爱，但确实是好东西，我也是头一次见到如此神品。好好珍藏，下次见面的时候希望能欣赏一下。"一番交流客套后，少年已然自信满满，晚上辗转反侧，良久才入睡……夜里，少年梦到自己淘到一箱雕母，大大小小各种版别都有，把它们一个一个在床上铺开铺满，连光头哥来问价，少年都没要钱，告诉光头哥喜欢的话，随便抓一把玩玩。

此后，少年成为古玩界的新秀，在买卖中积累了不少更高等级的藏品，口袋也渐渐殷实起来，自信心空前增长。他常常在网络论坛上看图直接汇款，并且不退不换。他往往看一眼，不管是图片还是实物就知真假和大概价值。他每日沉迷此道，胆量和魄力也跟自身认知一样飞速提升。

打眼认栽

常言道：月盈则亏，水满则溢。

某天，论坛上有人给少年发了一批东西，各种各样的钱币，其中有顺治母钱、乾隆大样试铸母钱……少年晃了一眼，自信满满。对方开价十五万元，少年也就象征性地还了还价，未曾仔细揣摩对方用意，就约定好了交易的时间和地点。次日，在车站边上的小饭馆，太阳即将落山之时，货主神神秘秘地夹着个黑皮包在少年对面坐了下来。一番寒暄之后，货主拿出已谈好价的几个东西放在少年上手，其间不断奉承少年年少有为、眼光毒辣,今天见到本人了,荣幸之至。少年此时已被捧得飘飘然,笑问货主:"那我可否再看看实物?"货主笑道:"图片都给您传过去了,价格也依着您了。论坛上有传言,都说你看东西只需一眼就够了。看来别人的话也不能信,都是胡说。我就不信了,哪里有人看东西只随便看一眼就成的啊!"于是把东西都拿了出来,"没事,您好好看,真真切切的,这样才靠谱。"然后觉得这个饭馆的灯光太暗了,现在又是傍晚,正好这儿有手电也给少年打上。少年此时被手电晃得眯起了双眼。货主不停地说好好看看,还故意指出了所谓的瑕疵。强光手电下,少年其实看得不是特别真切,但是碍于面子,又想是图片上的东西没错的,于是便爽快地给货主付了款。货主收到少年的钱,把东西给了少年,说:"得,我还有事,晚班车刚好能赶上,就先走了,还得是兄弟识货捡了'大漏儿'。"

货主走后,少年心中不知为何竟总是有些不安。次日清晨太阳升起,少年把刚买的东西拿出来,在自然光下一一过目。越看越觉得整体工艺做作,包浆生涩,不似自然形成。看了良久,豆大的汗珠渗了出来。少年拿起其中一枚,在地上轻轻一摔,声音尖锐,并无常见老币的柔和之感。少年顿觉眼前一黑,莫名的挫败感涌上心头,再也没有勇气看下去了。他拨通了光头哥的电话,声音颤颤巍巍地说:"光头哥,我买了一批货,我邮寄到你家,你帮我掌一眼。"未等光头哥回答,少年便挂了电话。光头哥感觉莫名其妙,但也没多想。

次日下午,光头哥收到了少年的一个快递,拆开后端详一枚枚钱币。看完后,光头哥叹了一口气，给少年回去电话问："兄弟，你这是买谁的？人家做局坑你的吧？全是新的，而且都是高仿。"少年说："光头哥，其实我自己也知道，你说了我心里反而踏实了。"光头哥跟少年说："找人家亏点钱退了吧，看着应该花了不少钱啊。"少年叹了口气说："算了哥，就这样吧。你也不用给我邮寄回来了，都扔了吧。"少年冷静下来想：古玩水深，或许是自己太张扬了，利欲熏心反倒不够冷静，那货主故意指东打西，想想就是故意要坑自己，但是去退货，人家未必会退不说，在古玩行的名声也算是砸了，日后行里说起也不好做人；古玩赚钱是它，打眼也是它，自己赚钱也未必会分给人家，就只当买个教训，认栽了。会输说明还是道行尚浅，日后更要谦虚谨慎才行。

经过此次教训，少年潜心修行，不单研究历

代老物件的时代风格,还去了解每个时期作伪的高超手段。在大行家之间摸爬滚打,不管"捡漏儿"还是"吃药",他都变得宠辱不惊。

少年一路走来,常在网络上看到各种大型拍卖会上,一些古钱和古玩器物拍出天价的信息。此时,少年羽翼渐丰,他下定决心要到更高、更大的平台上去看看,和更高水平的玩家、藏家交流。

开门见山

很快到了拍卖季,光头哥给少年寄去了拍卖图录。所谓"拍卖图录",就是每逢大型拍卖会之前,拍卖公司都会印刷彩色图录,把拍品以不同视角呈现给客户,曾经参加过竞买的客户都会在拍卖会之前收到。

少年看着彩色图录,里面有各种以前只在书籍上见过的钱币大珍,还有各种历代古董珍玩,琳琅满目且品位高卓,反复翻看到深夜仍让少年意犹未尽。终于到了拍卖预展的日子。所谓"拍卖预展",是在大拍之前把拍品公开向竞拍者展示，让竞拍者上手自行了解拍品的实际情况，包括实物状态、真伪和瑕疵。

拍卖所在展厅，少年跟光头哥一起坐在调阅席上。此行有没有收获另说，毕竟是上手学习的绝佳机会，于是少年在调阅单上几乎把拍品序号从头到尾地勾了一遍。少年似乎沉迷其中，不知不觉已过去了大半天，各种珍品陆续呈现在少年眼前。少年看得兴致勃勃，很多更是难以释手。每看到一个，少年都很认真地在书上做各种笔记、写心得体会，标上自己理想的竞买价位，竟已到了废寝忘食的地步，工作人员要下班了也未曾发觉。直到工作人员说："先生，不好意思，我们要打烊了，可以明天再来。"少年这才回过神来。光头哥笑笑，说道："外面天早已黑了，你一直没有吃饭，不觉得饿吗？吃东西去吧。"

他们走在路上随便买了点吃的，一路上，少年一直拉着光头哥探讨今天看的拍品和心得体会，以及自己想竞买的目标等。光头哥心中暗自赞叹，此少年果真天赋惊人，似乎是为古玩而生，常人难以理解之心得，他竟一点即通，如潜龙在渊，定有腾天之时！

拍卖开始，拍卖师一袭旗袍站在大屏幕下，随着干净利落的手势、抑扬顿挫的报价声，现场的竞价号牌起起落落，气氛很快达到了高潮！所谓的"竞价号牌"，是指拍卖之前客户选择一个拍卖号，付一部分保证金，即可得到一个对应号码的牌子，用于竞价。"中区先生四十万，后排女士四十二万，还是四十五万回到中区先生这里……四十五万第一次，四十五万第二次，成交！恭喜中区这位先生。"随着落槌声音响起，一位漂亮的司仪拿着结算

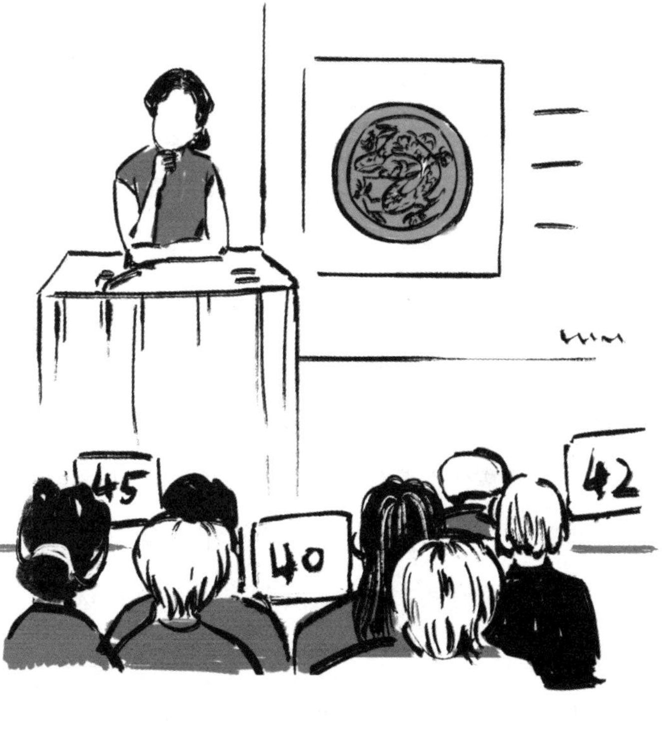
45
40
42

单子来到中区那位先生面前。

少年在场上热烈的竞买气氛中每每跃跃欲试,但是最终都放下了号牌。少年问光头哥:"这些人为什么都如此有购买力?东西是好,但是每一个的价格都超出我心理价位的几倍。"光头哥意味深长地一笑,告诉少年这下面都是国内顶级的大买家,然后打趣道:"你出的价格,其实你想要动物园里的猩猩都能买到。"少年满脸不服地说:"光头哥,你太嘲讽了!那怎么办?岂不是什么都轮不到我了?!"光头哥告诉少年:"少安毋躁,一场大拍很多好东西都会被那些极有实力的大藏家盯着,但是你认真看到最后,总有一些东西刚好是现场藏家兴趣都不高的。古玩这个东西,大多数人认为好的东西,那一定是好东西。不过,大多数人并不看重的也不一定不好,可能只是冷门。相信我,你肯定能'捡漏儿'的。"少年一脸不解地问："你看，有人举着牌子一直不放，难道我还能争过他们？"光头哥告诉少年："他强由他强，清风拂山岗。他横由他横，明月照大江。我们先静观其变，避其锋芒。"

过了许久，拍卖进行到大半，现场气氛渐渐松弛下来，有的已看疲倦；有的腹中饥饿，都开始吃起了东西。拍卖来到了一组咸丰大钱的标底。所谓"咸丰大钱"，是咸丰时期因为内忧外患，同时太平天国运动兴起，滇铜运输道路被阻隔，导致铜料稀缺，继而各地铸造虚值大钱，其品种之多、工艺之复杂为中国铸币史之最，几乎占据了明清古钱的半壁江山。少年突然兴奋地问光头哥："哥，你看了吗？这组里有个大型的当百母钱……"他的话还未说完，光头哥就赶紧捂住了他的嘴，生怕被人听到。台上拍卖师已然开始叫价:"咸丰钱一组……起价三万!三万第一次,有感兴趣的客人吗?三万第二次……"突然,光头哥拉着少年拿着牌子的手奋力一举。没待少年反应过来,拍卖师已经落槌:"成交!恭喜后排那位先生。"美丽的司仪笑嘻嘻地拿着单子,已经站在了少年面前。少年签完字才有所反应,为什么这么便宜买到了……光头哥笑曰:"这就叫踏破铁鞋无觅处,得来全不费工夫!"少年喜笑颜开地问:"光头哥,这东西不会有问题吧?为什么那么便宜?""一切皆有可能。"光头哥笑答。

直至深夜,拍卖方才圆满结束。少年开心地提完货品,看着各种拍到手的古钱杂玩,把其中的当百母钱拿出来反复盘摸,不禁喃喃自语:"真好,跟新的一样。"古玩的最佳状态就是老似新,所谓"老似新",便是东西是"开门见山"的真品,因为保存环境特别好,当时也未曾使用,虽然历经几百上千年,却少染岁月风霜,十分难得!少年感慨不已。转眼间三日事假已过,少年带着满满的收获,意犹未尽地踏上了返校的列车。

才子佳人

课余闲来，少年还有个爱好，便是研究古典文学、唐诗宋词，拜读圣贤之大作，与古人对话。"昨夜星辰昨夜风，画楼西畔桂堂东……"没等少年读完，似有天籁之音对曰："身无彩凤双飞翼，心有灵犀一点通。"少年回过神来抬头望去，正好跟一少女四目相对。只见少女一身素衣，长发及肩，如同晨曦中的露珠，晶莹剔透，不染纤尘。少年呆呆地看着，一时间竟失了神。少女一笑生花，开口问："你就是那个传说中的古玩高手吧？是不是跟电视剧《五月槐花香》里那个蓝半张一样，真的那么厉害吗？"少年这才

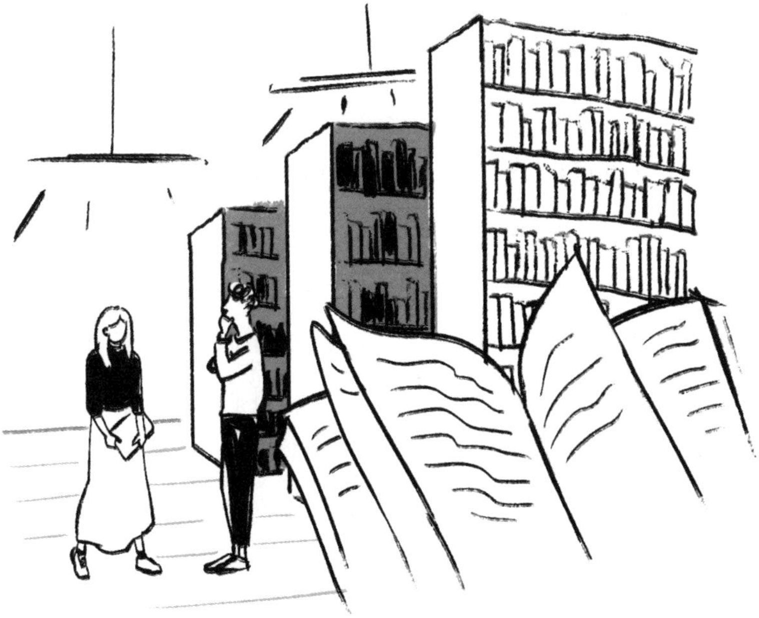

回过神来，不好意思地报以微笑："美女，你认识我啊？""是的，我也经常来图书馆看书，看你总是在这里。我们现在不是算认识了吗？我叫丹丹。"少年不好意思地挠挠头："您好，我叫……"还没等少年说完，丹丹悦耳的笑声又响了起来："我知道，你们系都是你的传说。我其实是你的粉丝，我也喜欢唐诗宋词啊！"

少年嘴角上扬，少女清脆的笑声如春日的微风，轻轻拂过心田。"大才子，时间不早了，可以和你共进晚餐吗？""好，好……"少年此时犹如被三千万美金砸在头上，幸福来得太快，让他不知所措。少年跟随着女孩如兰的气息，两人有说有笑，很快来到了食堂，少年几乎把最好的菜都点了一遍……丹丹笑得合不拢嘴："你当我是猪吗？点那么多，咱能吃得完吗？"少年有些尴尬地说："我第一次请你吃饭，也不知道你喜欢吃什么，所以只能把甜的、咸的都点了一点，这样总会有你喜欢吃的吧？"丹丹眨着大眼睛，目光一直停留在少年身上，似乎少年身上有某种魔力，自带光环，想不到传说中的大专家还是个暖男呢！少年心中如小鹿乱撞：弱水三千，取此一瓢饮足矣。

所谓：才子佳人两相宜，风华正茂正当时。每逢下课，他们就形影不离，看书、学习；每逢假期，他们便一起去玩耍。少年去淘宝，丹丹便跟着看得津津有味。少年潜心修行，丹丹那是红袖添香。少年寄情于古代艺术，又有美人相伴，大学生活过得充实而惬意。

再探「鬼市」

一日，老家的朋友打电话告诉少年，有人收到一批东西，自己感觉不错，但又嫌价太高，有点拿不准，让少年有空回去看看。恰逢周末，少年便即刻买了回乡的车票。到了老家，朋友带少年找到本主，本主竟是当年"鬼市"的旧相识。一番热情寒暄之后，本主拿出一枚大钱，正面为"光绪通宝"四字，背后书"天下太平"。此钱为精黄铜所铸，几乎没有任何包浆，文字苍劲无比，钱穿精修，两面和边轮竟有清晰的旋纹，如车床切割出来一般，精光逼人，似可吹毛断发，"气质"高贵，绝非平常。真正的宫钱！

少年心中暗喜。所谓"宫钱",指的是用于皇宫节日庆典装饰的压胜钱。每年腊月,负责铸造宫钱的部门会把一批精铸的宫钱送入皇宫,作为宫灯的钱坠。清代宫钱一般正面为皇帝年号,背面多为"天下太平",或八卦寓图,意在祈求来年乾坤清泰、风调雨顺。少年拿起来仔细端详,手竟微微颤抖。还没等他回过神来,本主又拿出一枚光绪通宝,只见此钱铜色如金,璀璨夺目,文字纤细,方穿中只有一小孔,整体雕刻痕迹似是一气呵成,未见任何拖泥带水之做作感,可谓巧夺天工!光绪雕母,只是放在那里一百多年没动,保持着当时"原始出厂状态"。少年倒吸了一口气,平复好心绪,不由自主地说出两个字:"神品!"

本主喜笑颜开:"小友识货!很多人不懂,都说跟新的一样,一定是假的,但是我知来处,知道绝无可能是假的。既如此，今日高兴，还有一起来的一串，从未示人，也给小友掌上一眼。"于是从内室拿出一串五六十枚钱币，均用麻绳穿起，道光、咸丰、同治、光绪均有，且各个文字都"挺拔"，铸造极精美，钱穿和边精修，亦如刚铸造出来一般。少年小心翼翼地一个个翻看，不由自主地用手托住下巴，仿佛害怕下巴太沉重，一旦放手便要掉下来一般。少年心想，这些都是母钱，连麻绳都是清代的，这户人家可能祖上在铸钱局任职，到了光绪后期，朝廷已日薄西山、朝不保夕，钱局停办，遣散工匠时带出来的。从经济的角度来说，这些都是顶级品相，"出身"高贵；从研究的角度来说，每一枚都保持了原来钱局的"出厂状态"，对研究清代铸币工艺的学术价值更是不言而喻。

少年搓着手，小心翼翼地问本主："哥，这

些能不能让给我？东西确实好，我也确实喜欢。"本主微微一笑："我看你识货，也是坦诚爽快之人，东西到你手里也算是个好归宿。这样吧，你说个数，只要说得差不多，我就让给你。但是现在你不能拿走，得容我再宝贝一段时间。""加在一起八十万，行吗？"少年颤颤巍巍地说道，生怕说少了对方不满意，说多了又怕自己"吃"不下。本主笑而不语。"九十万，行吗？"少年有些绷不住了，语气里似乎带着恳求。"这样吧，一共一百二十万。换了别人，我不可能卖。你年纪轻轻便有如此见识，是我平生仅见。我们也算旧相识，你小的时候，我就在'鬼市'见过你淘宝，也算是缘分。只这一口价，出了这个门就不再算数。"少年沉默了几秒钟，咬咬牙便应了下来。本主感叹道："长江后浪推前浪，你容我再赏玩几天宝贝。我估计你今天也拿不出这些钱，过些日子，我再给你打电话，你回去把钱凑齐。

放心，东西肯定给你留下。"

少年从本主家出来以后，竟感觉双腿沉重，怎么都迈不动步子，回去以后更是辗转反侧，难以入眠。少年借遍了身边的同行、师友，加上自己多年经营的积蓄，勉强凑了九十多万元，心想算了，还是便宜光头哥吧，自己虽然都喜欢，但是"吃"不下的话都是空谈。于是，他拨通了光头哥的电话："光头哥，我想买一批东西，特别好，但是现在差点钱，你能不能先给我拿三十万？我答应事成以后让你一些。"光头哥走在路上一想，这少年能这么说，肯定是捡到"大漏儿"了！光头哥在电话那头已经是喜笑颜开，说："有！有！都是兄弟，你找我，我咋可能没有？"于是像已经捡了"大漏儿"一般飞奔到最近的银行给少年转了账。

又过了两日，本主如约给少年打来电话："小伙子，我既然答应了你，便一定会办到。明日我在家等你，你过来拿吧。"少年一刻不敢耽搁，当晚就跟学校请了一天假，回到了家乡。

逆天「大漏儿」

又是一个不眠之夜,本主是守信之人,少年顺利地拿到了东西。与本主客套了一番之后,少年就搭上了返校的列车。少年靠在列车的椅子上,把东西抱在怀里,竟睡得特别香甜,睡梦中嘴角都带着微笑。一觉睡醒,列车已然到站,少年睡眼惺忪地看着手机,竟有几十个未接电话……坏了!光顾着这事,竟忘记告诉丹丹自己请假回家了,于是连忙拨通了电话。电话中,丹丹生气地说道:"你这一天多去哪里了?干吗一直不接我的电话,人也失踪了?""对不起啊,我回家买一批大货,忘了跟你说。""你就知道

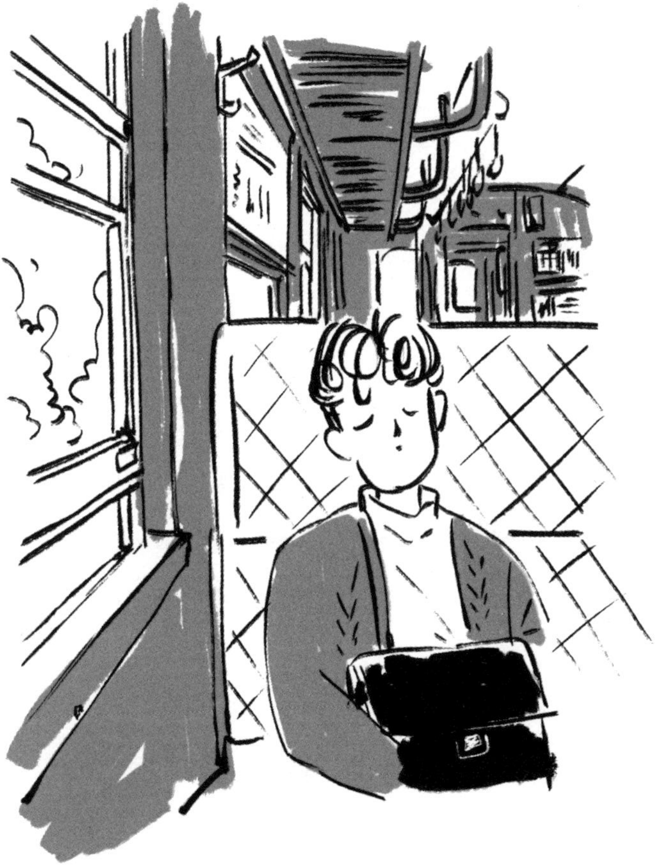

收那些破烂,破烂重要还是我重要?""这……"少年慌张得不知如何解释,只好不停地道歉。大概热恋中的女孩总是很好哄的,丹丹很快就笑出声来:"好了,其实我大概也猜到了,知道你是个古痴!不过我都担心死你了,以后再着急也不能玩失踪啊。你给我买个礼物,我就原谅你了。"丹丹撒娇道。"别说一个,只要你喜欢,一百个我也给你买呀!"少年长舒一口气,心想跪搓衣板算是免了,不过确实也没有送过这小妮子什么像样的礼物。等把这些东西分一分,让给朋友一部分,把本钱回一回。借了光头哥的钱,那"光头猩猩"必然也是翘首以待,都是兄弟,就再让他占一次便宜吧。

于是少年整理好那堆东西,先一一把图给光头哥传了过去:"猩猩哥,东西我买到了。"然后指着宫钱和雕母说,"这两个我自己真的喜欢,我就留下了。不过我能买下少不了你的支持，必然得给你欣赏一下，剩下的你随便挑三十个。然后再补我三十万、四十万的，你看着办。"光头哥看了半天图片，先点了支烟平复一下心情，嘴角微微上扬，心想：东西太好了，让我挑三十个，这小少年真是送财童子。于是，光头哥挑了那一串里的三十个，又给少年补了四十万元，豪爽地大笑道："兄弟，你果然是我这辈子捡的逆天'大漏儿'！"少年嫌弃地说道："光头哥，你太嘲讽了！其实你也是个老猩猩，都是一个动物园出来的，只不过先来后到罢了！"

少年又分别让了几枚古币给成长路上问道授业解惑的师友予以回馈，把自己最喜欢的留下后，居然还是利润可观。周末，少年拉着自己的"白月光"飞奔向校门口。"慢点！你急什么？我都跑不动了，你今天咋那么兴奋呢？""因为今天特别开心啊！而且我还欠你礼物呢，你想不想要？"两人一路上有说有笑地来到商业区。少年拉着丹丹的手，只要是女孩子喜欢的，哪怕丹丹只是多看了一眼，少年都即刻让导购打包。很多店员先是不可思议，随后便是朝丹丹投来羡慕的目光。"好了别买了，太浪费钱了，你看都拿不下了。"丹丹说。少年把牵着女孩的手握得更紧，问道："开不开心？""开心是开心，可是……""只要你开心，那今天就不管那么多了……"

虽说"虚荣"是个贬义词，可又有几个涉世未深的女孩能抵挡得住这诱惑呢？很快到了晚饭时间，两人拎着大包小包逛得腹中饥饿，于是少年便拉着丹丹走进了一家仪式感拉满的西餐厅，点了两份套餐。丹丹托着下巴，此时像一个小迷妹一样仰望着少年。伴随着西餐厅和谐的大小提琴合奏，似乎眼前的爱人头戴光环，丹丹满眼都是幸福和崇拜!

　　光阴似箭,大学生活在红颜知己、笔墨相随、才子佳人、相生相伴的岁月静好中很快就到了尾声,有最美的诗篇静听过他的诵章,有最好的艺术品成全过他的张狂。少年怀揣着一颗炽烈顽心,想前路坦荡更无须度量。

望气鉴伪

怀着一腔热血踏出校门，少年已然成长为一名风华正茂的青年，暗自下决心将穷尽毕生之力传承中国古代艺术文化。少年因少时生长于海边，常听海潮之起落，又好古钱，旧时文人方家雅称古钱为古泉，故而自号：听泉！

无奈家人不解此道，从小便反对，总觉其不务正业、玩物丧志，好不容易学业有成，不能让孩子一直沦为废柴，便每日苦苦相劝，担心他走上歪路。家中族长也敦促其在安稳的单位找一份工作。听泉心中十分郁闷，每日跟家人吵得不可开交,终是拗不过一众长辈的软硬兼施,像一只泄气皮球一样来到了单位上班。

每日上班,听泉似是身在曹营心在汉,志不在此,难免沮丧。白天在办公室发呆,半夜还要去工作地值班。时间一长,他身心俱疲,浑身上下每一根毛发都写满了绝望。当然,他一有空闲便去淘宝、做学问,与师友交流学问,似乎只有在与古物对话之时才能找回那个真的自我。光头哥听完他的诉说,嘲讽道:"兄弟,你废了,你现在真成动物园里的猩猩了。""别嘲讽了……"听泉无奈地说,"家人均担心我不务正业,觉得羞耻,这也是无可奈何。"光头哥说:"兄弟,人生的意义无非是去做自己喜欢做的事情,爱值得爱的人。你是个天才,将来一定会在自己的路上大放异彩的。本可一展抱负,却要在那地方做自己不想做的事情,这才是人生最大的嘲讽。"

经过一个月的思想斗争，听泉最终还是鼓起勇气，瞒着家人辞去了安逸度日的铁饭碗，踏上了自己热爱的征程，开启了与中华古文化结缘、多姿多彩的别样人生。

从此，他以古为业，每日沉浸于知识的海洋之中，白天奔走于各种拍卖会和全国各地业内大行之间；晚上醉心于学问，不断翻看网上论坛上的图片学习对比，提高去伪存真的能力。他常为了提高认知和高水平的师友辩论到面红耳赤，同时自己也总结了很多方法：常看古钱币的反面或一个字，从风格凭经验做到窥一斑而知全豹，或只看边穿加工特征判断真伪。

古玩行中，鉴定最见功力的方式是望气，就

是远远地大概看看东西的特征和风格便知真伪好坏。但这需要很高的天赋和对东西本身深刻的了解，以及对古物极强烈的感觉。听泉正是天赋异禀且沉迷此道，并能举一反三，从天下万物中寻找真理，从古玩身上读懂古人的思想和制作古物的时代背景，也正是这些铺好了他日后的坦荡大道。

在不懈努力之下，他渐渐有了一些积累，闲暇之余便带着丹丹纵情山水，看四季花开、日出日落，神仙眷侣好不幸福。

"你会跟我结婚吗？"丹丹深情地问。"当然会啊！执子之手，与子偕老。无论何时，你若不离，我便不弃。""你求爱好土啊，不过我就喜欢你这一本正经的样子。"丹丹故作嫌弃地说道。"你要不嫌我没工作、不干正经事，那就定了。

我去买房子,对,得买学区房,以后方便我们的孩子上学。我其实早都想好了,你本来就是我宠大的孩子啊,我也该给你个归宿了。"听泉笑呵呵地说。"我会一辈子陪着你的。"丹丹依偎在他的肩膀上,脸上洋溢着幸福的微笑,这一刻像极了爱情该有的样子。

听泉暂时放下生意,带着丹丹到处看房子。学区房溢价甚高,看来看去都远超自己的预算。无奈之下,听泉拨通了挚友光头哥的电话:"猩猩哥,我要买套婚房。我把你心心念念的光绪通宝天下太平宫钱和光绪雕母让给你,给我凑点可否?"光头哥一听,觉得可以,眼睛里顿时有了神采。不过他转念一想,都是兄弟,这"小猩猩"给自己创造了不少价值。"这两个东西要是卖了,可就这辈子都没了,你不后悔吗?"光头哥问。听泉说道:"我很爱这个女孩,想给她个归宿。我舍不得,但是也要生活啊。""那我就不说啥了兄弟,你自己觉得值得便好,钱明日给你汇过去。"光头哥不再劝说。听泉长舒一口气,一夜未眠,看着两个心头所爱终是不舍:"今日就算你俩帮我个忙,让我爱情功德圆满。等哪天富裕了,我一定把你们赎回来。"

甕中之鱉

花光了所有的积蓄，卖了喜爱的藏品，终于买到了自己心仪的房子。不过听泉转念一想，为了自己心中所爱便也无怨无悔。今后一定要好好努力，不仅为了心爱的人，更为了自己的初心和梦想。

几日之后，听泉在论坛上看到有人发了一枚咸丰重宝当五十，图片虽不清楚，但是望气即非凡品，且咸丰重宝当五十从未见过这个书法风格。听泉凭经验判定，此物应该是一枚试铸样钱的雕母。试铸样钱已然是弥足珍贵，更

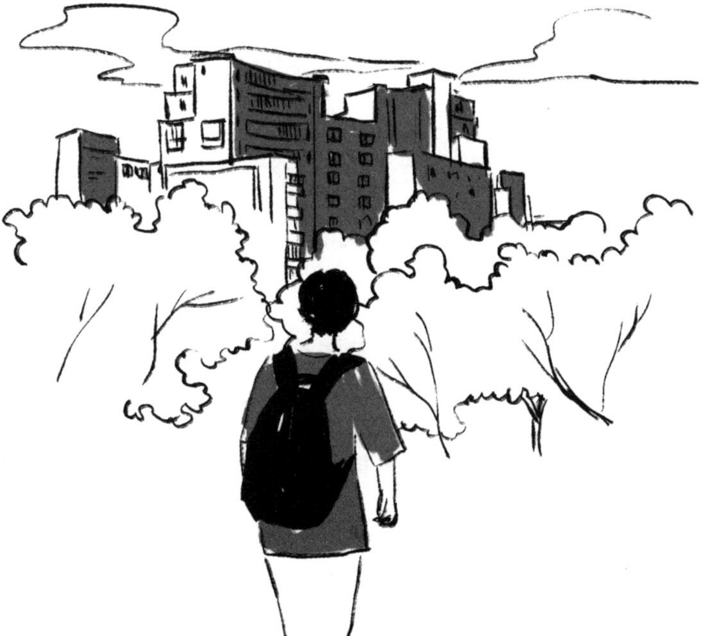

何况试铸样钱的雕母。好不容易联系上发布人，听泉问对方有没有清晰的图片。对方告诉听泉，这个东西不是自己的，东西在当地一个老藏家手里，要价很高，自己没有实力购买，故而发布在了论坛上，供大家讨论学习。因为老藏家不想轻易示人，这张图片还是他偷偷拍的，所以并不是很清楚。"可以帮我联系上货主吗？东西应该是好东西，我很喜欢，成了的话，按照百分之十给您喝茶。"听泉着急地说。着急是因为一则自己很喜欢这件东西；二则刚买了房子，手头已然拮据，这件东西太好，经济价值也是不可估量的，或可解决眼下暂时的经济危机。"老藏家不见生人，我也无奈。我看过东西，我能保证是真的。如果你有兴趣，我可以帮你去买，但是价格和具体性质你自己看好。"对方告诉听泉。听泉心想：这东西应该不是假的，哪怕实物的品相并没有那么理想，但也差不到哪里去。虽然这样买东西是赌博，但是他自信应该不会输，也不想错过这次机会。思考再三后，他便应了下来："东西我要了，就按照您说的价格再给您百分之十。我看您也是圈内资深人士，我相信您。那就麻烦兄弟跑一趟，明日我把钱汇过去。""我喜欢和有眼光、有魄力的人打交道。"对方打了个笑脸便下线了。

听泉看了看卡里仅剩的钱，那本来是准备装修新房用的。装修完，也就有自己的家了，并且这点钱似乎还远远不够。想着不管那么多了，再跟朋友借一点，真不行把东西拿回来后让给更有实力的藏家。自己现在确实太需要钱了，日后有机会再买回来也不失为一种办法。于是，听泉连夜跟各位师友把剩下的数一凑，第二天一早就给对方汇了过去。对方还特意叮嘱:"兄弟确定了吗?如果确定了,我就帮你去买。东西能保证是真的,但是值多少钱和其余的事情您自己考虑好。人家年纪大了,售出肯定是不能退的!""我确定,兄弟放心,这点信誉我还是有的。"听泉咬着牙,斩钉截铁地跟对方说道。"那过两日,我给您邮寄过来!"对方回应道。

两日焦急的等待中,不知道为何,听泉的心中总是七上八下的。快递终于到了,听泉怀着忐忑的心情拆开,仔细端详。东西确实大开门,但是听声音哑。再仔细看,有一条裂缝贯穿钱体。听泉心中一惊,拿起放大镜仔细检查,这才发现不单有裂缝,还隐约看到了铸造的痕迹。雕母是由精铜整雕而出的,有铸造痕迹就断定此钱并非雕母,只是个试铸样钱。只是铸造得过于精美,而且整体有老加刀(从前工匠为了体现工艺加的刀）修整过，并且还有裂缝，这下亏惨了！这么看，价格连买价的十分之一都不到，终是赌输了……听泉一时呆若木鸡，如同五雷轰顶。良久后，他稍平复了一下心绪，便仔细想每一个细节。对方当时把话都说死了，自己连一点找后账的理由都挑不出来，或许一开始就是个局。姜太公钓鱼，愿者上钩罢了，而自己就是那条鱼，因为自己现在太需要赢了，被对方抓住了着急的心态，自己一步步成了瓮中之鳖。

偷鸡不成蚀把米，这回不但钱没赚到，还欠了一屁股债。愿赌服输，这回真是废了！听泉无奈地摇摇头。正当郁闷之时，丹丹打来电话："我们骑车去海边散散步吧。"爱人的声音让他心中的苦闷烟消云散。

两人骑着单车在滨海大道上停了下来，听

着涨潮的声音有说有笑。聊着聊着,丹丹便问:"亲爱的,那我们啥时候装修我们的家啊?我好想赶快有个家哦。""这……"听泉尴尬地说道,"我买了件大货上当了,钱没了,还借了朋友的钱。不过你放心,我会尽快想办法的。""啊?你怎么可以这样啊!难道那些东西比我们的家还重要吗?"丹丹一脸不悦地说道。听泉一脸尴尬:"没事。你相信我,我一定可以很快赚回来的。""可是,你现在把工作辞了。这个东西毕竟是玩,我觉得当个爱好还行,现在变成了职业,我一直觉得心里不踏实。你喜欢,我也不反对,可你现在把我们要装修房子的钱都拿去折腾了,我怎么能不生气呢?"听泉安慰道:"好了,那这个房子不还是靠我一点点'捡漏儿'买的嘛,别慌。""我怎么能不慌?!那要是捡不到漏儿,你又没有工作,是不是我们就什么都没了……你就光顾着那些破烂,在你心目中,什么都没有那些破烂重要！"相伴多年，两人第一次争吵。

把丹丹送回家后，听泉心里更是失落。吃了大亏，他只能打落牙往肚子里咽，还被爱人数落了一番！算了，想想办法把钱赚回来吧，有的是机会，听泉心想。

细裂穿体

回到家里,听泉打开电脑,在各大论坛和网络拍卖以及手机小程序上不停地翻看着、寻觅着。丹丹心中郁闷,便叫上了小姐妹,一边吃着小龙虾、炫着烤串,一边吐露着自己心中的不悦。好姐妹们自是义愤填膺,丹丹心中的怨念更是放大了无数倍。听泉是个大大咧咧的男孩,本就觉得不是大事,心想胜败乃兵家常事,自己也并非圣贤。看着论坛上的各种上新,已然忘了吵架的事情,脑子里早已翻篇。

夜已深,听泉正当睡眼蒙眬之时,看到香江

的好友麻猴发了几张图片，好东西不少。听泉睡意全无，兴奋地联系麻猴。得知是某国一个线下拍卖会上的东西，听泉便着急地问道："您能不能想办法托人帮我去拍？其中几个东西，我特别喜欢。"麻猴说："我倒是可以托外国的朋友到现场替你去拍，但问题是你看不到实物。我的外国朋友根本不懂这个，是个外行。就算你现在去办签证也来不及了，因为还有两日就开拍了。""没关系，我看图觉得几件东西很不错，让您朋友想办法到现场给我拍两个视频吧，我觉得盲拍问题也不大。"听泉毫不在意地说道。"那好吧兄弟，明日我帮你安排好。"麻猴听到听泉自信满满，便应了下来。第二日傍晚，在待开拍前，麻猴的朋友在现场拍了几个听泉想要的视频传了过来：原铜光雕母，未使用的当千样钱，还有顺治通宝母钱……都是弥足珍贵之品。听泉喜笑颜开，一副志在必得的样子，给了麻猴标底价，告诉他：

"让你朋友先拍到这个价格吧。"思索片刻后,又说,"在原有的基础上都增加百分之三十吧。我怕到时候万一被超了,临时来不及沟通,错过了就可惜了。"

沟通完毕,听泉突然想起自己口袋已然空空,惆怅之际又跟身边的师友众筹了一大笔,以备付款之用。他心想:这回幸运之神一定会站在我这边,何况仔细看了图片、视频,东西应该是很好的。很快到了拍卖之日,焦急地等待了一整日,麻猴那边传来了消息,喜欢的基本都拿下了,也仅稍低于预期的价格。麻猴也替他高兴:"兄弟,你运气真心不错,价格很合理,捡了便宜。等过些日子,你就能收到东西了。"听泉兴奋地说道:"实在是谢谢,辛苦您了兄弟。货款今日我给您汇到指定账户,还有给您的辛苦费也请务必收下。""那我就不跟兄弟客气了,也恭喜兄弟。"

麻猴放下电话，心花怒放，随后给外国拍卖行征集的朋友打去了电话："终于上当了……那好，好，钱今日到账。扣除我的本钱，我们就按事先说好的五五分账。"

十几日后，听泉收到了东西。在祈祷中拆包打开，还好东西都开门。拿起一枚在手中欣赏，状态真好！然后捏着钱穿用手指一弹听听声音，回音沉闷如枯木！啊，怎么会这样？用放大镜仔细找，有条细裂由边到穿，赫然在目。这……他随后又拿起一枚，也是声如朽木。自然光下细看，有条细缝贯穿钱体，居然是已经裂成两瓣用强力胶很仔细地粘起来的……仔细检查每一枚，不是暗裂就是修过。仔细想想跟麻猴的沟通过程，听泉此时心中已经明白了七八分。可是这事明面上怨不着人家，说破了别人也不会承认。

怎么会这样,人怎么能这样?!想到自己两次被坑已经负债累累,听泉简直是万念俱灰。古玩行水深,光会看古玩,不会看活人是万万不行的。听泉把自己关在家里两日,浑浑噩噩,一言不发。钱自己可以慢慢去还给各位师友,缓过神来,听泉反思,最近的事情也许是老天在鞭策自己阅历尚浅,远需磨炼。

次日,丹丹消气了,打来电话:"你怎么这些天都不怎么理我?还在生气吗?""我就从来没生过气啊,都觉得没什么。你不说,我都忘了这个事呢!"听泉说道。"哼!你肯定又鼓捣你那些破玩意儿去了。好了,不说了,本小姐想去逛街、看电影,给你个哄本小姐的机会。"

两人看完电影,手拉手在商场里闲逛着。"哇!这个鞋子好漂亮,我在网上看了好久的,就是这款。你好久没有送我礼物了,再加上你惹我生气了,你就送我这双鞋子哄哄我呗!"于是,丹丹就穿起来走到了镜子面前。导购员刚开好票,听泉这才想起来,现在卡里连几百元都没有了,还欠了一屁股债。于是,他尴尬地拉拉丹丹的衣角,小声说:"要不下次再买吧,我有点事跟你说。"丹丹有些不悦地脱下刚试的鞋子,尴尬地跟导购员道了歉。走出店门后,丹丹不高兴地说:"那鞋子蛮好看的嘛!再说打折款蛮划算的呀。""不是,我……"听泉便慢慢把这几天发生的事情一五一十地告诉了丹丹。

丹丹先是一脸惊愕,随后生气地问:"你怎么可以这样?这跟赌博有什么区别?难道这些东西比我们的生活还重要吗?我们已经不是小孩子了!你怎么还那么贪玩?那我们的房子咋办?""我……"听泉无言以对。丹丹继续说:

"大学里，我可以什么都不要，跟你在一起也是因为喜欢你。可是现在我们已经步入社会了，我们都该成家立业了。我想有个家安定下来。你再喜欢那些东西，也毕竟只是兴趣爱好……""对我来说，这不仅仅是我的爱好，而是我的人生。"听泉坚定地说。"你真是玩物丧志，无药可救！"丹丹生气地拂袖而去。

此时，听泉不仅口袋空空，连自己向往的感情和热爱的事业也同时受到了前所未有的挑战。也许永远无法有人了解自己，自己只不过是想用喜欢的方式度过自己的人生。难道真的必须放弃自己的梦想、放弃自己的追求，才能向现实生活妥协吗？那岂不是跟行尸走肉一般？

此时，听泉心中甚是绝望，甚至开始怀疑自己的选择是不是真的错了！

天涯兩端

正应了那句老话：识古不穷，迷古不富。从一无所有到有所积累，再到身无分文，继而负债累累，听泉回忆着从幼时到现在一路走来，玩古似乎就如同一场梦一样，自己是真爱这一行，但是古玩行水太深，任何自大膨胀、不谨慎的行为都可能让自己掉入局中。家人、爱人的不理解和最近连续的失败让他体会到前所未有的挫败感，听泉心想，最后一次，如果再失败，那说明家人说的是对的，自己就放弃梦想，随便找个工作，安安心心地上班。听泉更加努力地学习不同古物的鉴定细节，每天游走于论坛贴吧和各种藏家之间。

说来也怪,虽然很努力,但是很长一段时间,听泉并没有捡到什么漏儿,也没有买到像样的东西。不单债务没还清,现在连生活费都成了问题,装修的事情更是遥遥无期,甚至和丹丹出去吃个饭、逛个街都成了负担。每次聊及装修、成家的事情,两人都不欢而散。

现实的压迫总是让人无能为力,听泉只能先告别自己热爱的事情,随便找个工作安稳度日。于是,他先找了个房产中介,干起了销售,月薪小几千,并且自由受限,跟自己理想的生活可谓差之甚远。面对经理天天的"画饼"、洗脑、造梦,听泉更是欲哭无泪……

现在的听泉绝望得如同行尸走肉一般,朋

友的钱暂时没能力还自不必说，甚至丹丹也从刚开始的生气慢慢积攒成了失望，他总感觉丹丹看向自己的眼神中透露着鄙夷。美女向来不缺乏追求之人，自己的女友也不会例外。丹丹的态度更是让听泉不安，他甚至都觉得自己变得有些卑微了。可卑微不但没有让两人的关系缓和，反而让听泉明显感觉到眼前的爱人越来越陌生。经济的压力和对工作、生活现状的不满，常常让听泉彻夜难眠。

又是即将破晓之时，听泉拉开窗帘，打开房间的窗户，清风拂面，且听风吟！闭上眼睛伸手触摸，唏嘘之中感叹：难道这世间只有这微风触手可及？难道这世间只有那遥不可及的日升月恒才亘古不变吗？从幼时到青年，十余载来，自己的选择难道终究只是玩物丧志的一场大梦，一个笑话？！聚散无常，不管是人还是物，相聚是缘分，也许有一天散了，那便是缘分尽了。

泪目中，听泉想起了徐霞客的青云志：身处低谷不自弃，我命由我不由天。无人扶我青云志，我自踏雪至山巅。若是命中无此运，亦可孤身登昆仑……又想到了唐寅的那句话：别人笑我太疯癫，我笑他人看不穿。东方既白，听泉脸上露出了微笑，或许他是在笑自己遇到一点挫折就轻言放弃，自己长大了，却忘了当初那个少年心中发下的宏愿！

一夜未眠已然天明，索性不睡了，出门去曾经熟悉的"鬼市"转一转。随着互联网的发展，"鬼市"交易已然日渐萧条，熟悉的卖老货的小贩早已不知去向，只有卖工艺品和新货的摊贩。想想确实如此，现在连小贩也是有什么东西日常在网上就可以消化了,根本不用来这里了。听泉吃了早饭,就差不多到上班时间了,上班的第一件事情便是提交辞职报告。经理挽留之际又开始"画饼":"你把那套在海滨的别墅卖了,能有一大笔提成……你把……""不了!"听泉礼貌地报以微笑,"我想我该去做我应该做的事情了。"

听泉回到家睡了一觉,打开微信,收到丹丹的信息:"我不想等了,我们分手吧!"听泉一脸愕然,拨通了丹丹的电话:"你别跟我开玩笑,我把那破工作辞了。接下来,我会好好努力的。""天哪,你又把工作辞了啊?你就不能成熟点吗?你打算怎么努力啊?又去努力地不顾现实生活玩那些不着边际的东西吗?我身边的同学工作都很好、很稳定,唯有你天马行空、不着边际。如果我现在还是二十岁,我可以什么都不要。但是我们已经步入社会几年了,难道你要一辈子玩,一辈子都这样下去吗?我本来觉得你很有才华、很有能力,跟你在一起生活一定会很开心、很幸福,可是现在并不是我想的那样啊。到头来,你什么都给不了我!我只想要安稳的生活,你根本不是踏踏实实过日子的人。"

"我……""好了,你别说了!""我很感谢你的陪伴、你给我的爱,答应你的,无论如何我都会办到。但是,你真的一点都不懂我。"丹丹说:"我不想听你这些根本不切实际的话,追我的人其实多了去了,哪个都比你靠谱,只是因为我喜欢的是你。但是你太让我失望了,并且你现在拿什么去办到?又要去赌吗?"听泉默默地挂了电话,良久才回过神来,似乎一瞬间血液被抽干了。想到曾经的甜蜜,学生时代一路走来的山盟海誓；想到彼此一路的付出，自己对她更是百般宠爱；想到红袖添香夜读书的过往，不由得黯然神伤。

那三生烟火，当真能换一世迷离？长亭街，烟花绽，挑灯回看。月如梭，红尘辗，把琴再叹！那一场遇见，芬芳了流年，你许我暮色白头！天涯两端却留我一座空城，许我一生梦醉……

不知端坐了多久，听泉拿出自己珍藏的匣子，缓缓打开，映入他眼帘的是那一枚老子出关的花钱。端详了很久，也许人生真的是聚散无常，他咬咬牙还是拨通了光头哥的电话："我想回来玩古玩。""你早该把那破工作辞了，走自己的路，何必在乎别人的看法？你玩古玩那是不可多得的人才，但是你这样的人去干别的就真成猩猩了。"光头哥打趣道。"老猩猩，你别说了。最近我遇到了太多的事情，不太顺。还记得老子出关的花钱吗？我现在需要一笔钱……""怎么，你打算卖了？你遇到什么过不去的事情了，兄弟？那玩意儿你卖了恐怕这辈子都很难再有了……""我知道，但是……"听泉把最近的遭遇一五一十地告诉了光头哥。光头哥说："这东西你想卖，价格肯定不是问题！一会儿找个更有实力的买家还可以多给你一些，但是你真的想好了吗？""我想好了，这东西聚是缘分，今天不得已要散了，那可能是缘分尽了……"一盏茶的工夫，光头哥就把电话拨了过来："兄弟，款已经给你汇过去了。这样，我给你讲个故事：佛陀的弟子阿难出家之前曾爱上过一个女子，佛陀问：'你有多爱那个女子？'阿难回答：'我愿化身石桥，受五百年风吹，五百年日晒，五百年雨淋，但愿她从桥上走过。'佛陀说：'那你甘愿舍身弃道？！等到某日那女子从桥上经过了，也便只是经过了。此刻，你已化身石桥，注定只能同风雨厮守！'""我明白，老猩猩，不过我想我还是应该把该做的事情做完！""水到绝路是风景，人到绝境是重生。小猩猩，保重！"光头哥在电话那头无奈地摇了摇头。

第二天，听泉便把欠朋友的钱一一还清。剩下的钱，他找了一家装修公司，委托他们按照丹丹喜欢的风格设计装修房子。然后拨通了丹丹的电话："我想去外面闯一闯。如果可以的话，我们一起吃最后一顿饭，一起唱会儿歌。"海滨的一家餐厅，丹丹倒也如约而至。上完菜，服务生推上了听泉订好的九百九十九朵玫瑰花。"你太浪费了，这是什么意思啊？这钱还不如折现给我呢！你永远都喜欢干这种小孩子爱干的事情。"丹丹不满地说道，听泉笑而不语。吃完饭，两人来到附近一家量贩式KTV。丹丹为难地说："我一会儿还有事呢，你能不能……"听泉没有回答，音乐已经响起，是朴实的送别："长亭外，古道边，芳草碧连天。晚风拂柳笛声残，夕阳山外山……"

一曲毕，听泉拿出一个精致的小盒子："我送你最后一个礼物吧，答谢你这么多年来对我的爱，我走了你再打开。""你总是像孩子一样，以后要照顾好自己啊！"丹丹收下了盒子，到了街边，拦了一辆计程车。坐到车里，丹丹的眼泪像断了线的珍珠一样，不停地往下掉。她不敢回头，因为不敢赌。也许随着年龄的增长，爱情也未能免俗。回到家，丹丹情绪早已崩溃，不知道过了多久才记起那个礼物。拆开一看，是一把钥匙、一张物业卡和一张字条，上面写着："丹丹，我已经按照你喜欢的风格找好装修公司了，费用都已付清。房子本来就是打算送你的，我知道可能我让你失望了，不过你真的不了解我。对不起，好好照顾自己！"

此时的听泉早已踏上了南下的列车。

地狱归来

沪上车站，有个年轻人大踏步地走着，他的眼神里已然没有了从前的天真，而是写满了刚毅和果敢，仿佛地狱归来的修罗一般。他的心只有在沸水里煮过一次，在油锅里煎熬过一回，在刀刃上滚过一遭，才明白什么叫大情大义。经过煎熬，才能跨过繁星，坚定地追寻自己的梦想。穿过灯红酒绿的十里洋场，步行在外滩上，看着对面高楼林立的都市盛景，听风掠过，江中开过的邮轮泛起涟漪。此时，听泉心中竟已波澜不惊，痛了就要回首，败了就得翻盘。也许生命就是一场修行，把心灵变成净土，把俗念化成大志，心无杂念才可放手一搏。

    直到外滩的游客渐渐退去，十里洋场的霓虹灯灭了。即便是快要身无分文、情场失意、从小城市来的，等下一个天亮，换了更大的码头从头再来，领略新的风光又何妨？无人挺我，哪怕陪伴多年的爱人更看重俗人所谓的生活，那便都送与她又何妨？输了便要翻盘，爱了便去成全！夜已深，听泉随便找了一家旅店住了下来，规划好明日想去的古玩市场。也许是身体疲惫，不知不觉便睡了过去。

    一觉醒来已是日上三竿，到了地方，这里比以前逛过的古玩市场大了几十倍，并且好生热闹。不仅有无数门店，摊贩的东西也都是放在玻璃柜子里，东西摆放得整整齐齐。不愧是大都市！听泉心想，于是便像发现了新大陆一般陶醉地逛了起来。这地方老物件多，看中的自是不

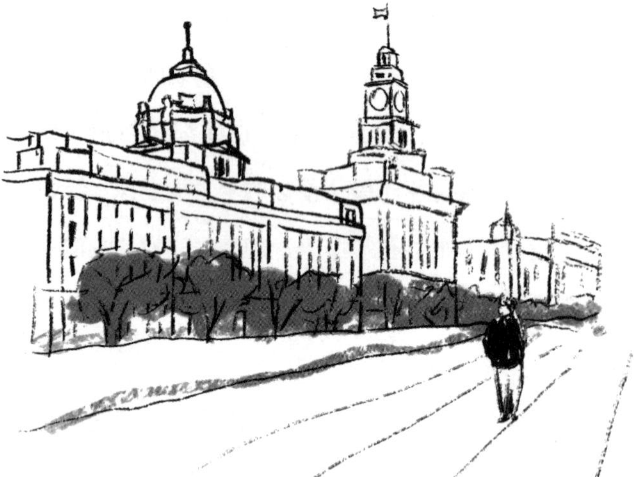

少，但是问问价格，却是囊中羞涩无从下手。终于逛到了一个真真假假的杂货店，看到几颗玉玲珑。所谓"玉玲珑"，就是古时候把玉珠子做成灯笼的形状，小小的珠子中间镂空，明代和清代时常用于宫廷配饰上。老板倒是很热情，又是泡茶又是夸小伙子的眼光好。听泉看着满店的东西，仔细一瞅，倒吸了一口凉气！几乎没有什么真的，都是各式各样的仿品，什么玉猪龙、大玉鼎……都是各种"名品"，各种"国宝"！

正当此时，有个老板的客户气势汹汹地跑了进来，也不管有其他客人在看货，大声喝道："老吴，你昨天卖给我的玉器，我打了盆水洗了一下，那整盆水都成红色的了。你跟我说说这是怎么回事？那玩意儿肯定是假的吧？你跟我说了包老的……"听泉此时一脸惊愕。还没等他回过神来，店主便一拍大腿："李老板，恭喜你啊，买到了一块传说中的血玉。我要知道是这样就不能卖给你了，那可是传说中的东西，我这辈子也就听说过，没想到还遇到了，而且自己不识货，贱卖给你了。要不李老板，你认为假，就拿来退我吧，我再给您添两成……"一顿云里雾里的忽悠，李老板竟喜笑颜开，并买了个重器，出门的时候还跟司机一起抬着。听泉看着装着重器的锦盒差不多能有棺材那么大，不由得惊出了一身冷汗，用手托着下巴，生怕下巴掉下来。

店主的这番操作让听泉心想果然是"高手"，卖假货卖到如此境界，简直颠覆了自己的认知，刷新了自己的三观。听泉看着手中几颗玲珑珠子也有些不淡定了，反复看着，手心都攥出了汗来！"小伙子，这么几个小东西看半天了，侬到底买不买？大客户来了，你也不回避一下，真是不懂规矩。看到了吧？我是做大生意的，就这么几个不值钱的小玩意儿，我还能卖你假的吗？这东西扔在那儿都好几年了，我早就不玩这些小玩意儿了。你想要就自己说多少钱吧，我都要关门了。"听泉又仔细看了良久，惹得店主都不耐烦了。其实听泉怎么看这东西都是老的，但是碍于店主刚才那波逆天操作心里着实发虚。最后，看店主实在不耐烦了，听泉便弱弱地说："四颗我给您两千吧，其实我也没什么钱。"店主不耐烦道："今天也开张了，小东西不乐意跟你一个小孩计较，添两百拿走吧。"听泉也没敢再讲价，于是就数了两千二百元给店主，逃一般地离开了。

回到旅店之后，听泉反复研究玉玲珑，还特意拍了很多高清图、细节图发给光头哥看。他俩一致认为是开门无疑后，听泉才放心。听泉心想这老汉太真诚了，假货卖得估计已经癫狂，心中已无新老之说，操作自然神！然后开心地把玉玲珑用绳子穿起来四颗一排都挂在了脖子上，似乎曾经那个被上天宠爱的少年又回来了。

次日，听泉来到了亚洲最大的古玩城。这里每层都有几百家店，很多大行都聚集于此。楼层越高，档次越高，可谓精品古玩云集之地。当然，按照目前的条件来说，听泉不可能来此地消费，但是观察学习，这里是最好的去处。听泉看着那些大行家店里琳琅满目的艺术品，无一不古朴传神、品位高卓。看店中装修格局，他被气势压倒，只敢在店外张望，不敢进去上手问价。

逛到一家经营老玉的店，外面摆着宋代的童子、辽金的飞天，一看就开门，下面还有国际大拍的证书，摆明了是传承有序的好东西。听泉一时看得心驰神往，忘了迈步。店主今日似乎没有会客，独自在那儿品茗，看年轻人看了半天便主

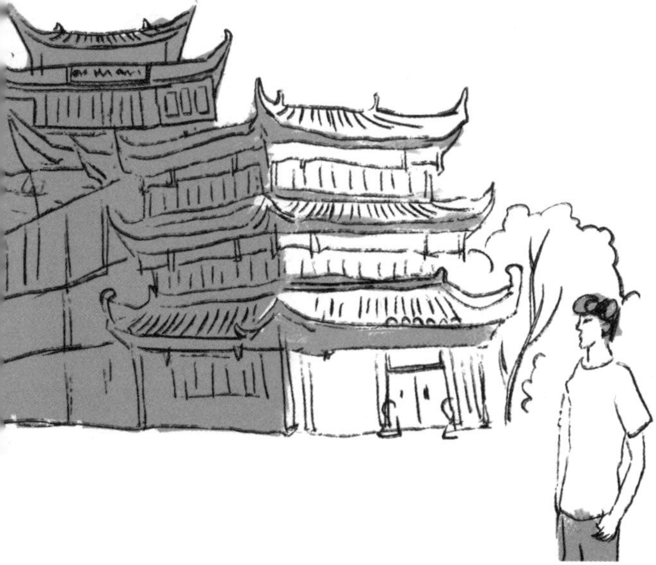

动出来打招呼："小友既是爱玉之人，到里面喝杯茶何妨？"听泉不好意思说自己买不起，看着店主穿着儒雅，摆在外面的东西尚且如此精彩，应该是大行家。想着前辈大行邀请，能饱饱眼福也是不枉此行，便礼貌地问好，进去坐了下来。

店主倒也客气，从保险柜里拿出一个托盘，让他上手观赏。托盘上可谓珠光宝气，听泉看得心旷神怡。双方攀谈愉快，店主还讲述了一些自己的心得体会。听泉接茶的时候，店主注意到听泉脖子上挂的四颗玲珑珠子："小友能否摘下来让我欣赏一下？"听泉欣然摘下，放在托盘上递了过去。店主看完后赞不绝口："小中见大，工艺精湛，这东西这么开门，做工这么好的真不好找。小友您能不能匀给我玩，我的多宝串上正缺几颗好珠子。"所谓"多宝串"，就是把搜集的精美小件一颗颗合理地搭配好穿起来，增加美感，又方便赏玩。听泉确实囊中羞涩，虽心有不舍，但是初来沪上，连个稳定的居所都还没有，身上仅有的积蓄也快见底了，而且这大哥能让自己学到很多东西，人又儒雅可交。听泉心里想着，便顺水推舟地说："大哥是业内大行，今日有幸相识也是缘分。大哥您看着给吧。"店主不好意思地说："这看着给，哪儿好意思啊。""大哥没事，以后还仰仗您多指教呢。""那这样吧，四颗一起给你十万块钱。有两颗很好，还有一颗工艺稍粗，最终一颗边上有点毛病，一均应该差不多。"听泉心想不愧是大行家，真是坦诚，而且比自己的估价还加了几成。店主也开心，还给他看了不少好东西，并告诉听泉："年轻人，这些东西都是我秘不示人之物，但是我们有缘分，你也是爱玉之人，又把心爱之物让给了我，所以你随便看。"听泉如同进了能上手看的博物馆一般，直到古玩城要打烊了才依依不舍地跟店主道别。

博物之邈

有了刚到手的十万元，听泉想，总是在这家旅店住着不合适，还是要先找个落脚的地方。曾干过房产中介，此时倒发挥了优势，第二日起来不出半天，他就找到了一处合适又舒服的房子。安顿下来以后，他想着此处离沪上博物馆倒近，沪上博物馆在国内也是首屈一指的。于是便坐地铁前往博物馆，预约进去参观。先来到钱币馆，映入眼帘的是大名鼎鼎的咸丰元宝宝巩局当千雕母……各种名珍荟萃，看得人心旷神怡。来到玉器馆内，唐代的圆雕白玉飞天、良渚文化的"玉琮王"美轮美奂，顶级的青铜文化艺术，早期佛教的艺术品雕塑……中华五千年文明果然是璀璨夺目，凝聚了古代艺术家们的精神和匠心，听泉连连感叹。

他在家具馆看到一件东西，总觉得似曾相识。博物馆标注："明，黄花梨琴桌。"玩古、迷古多年，听泉也算涉猎各门类，但是确实对家具研究甚少。想了半天，他想起来了。多年前，老家有一位曾经卖乾隆式铸样钱的老先生，他的家中好像也有一张器型一样且木纹和条理类似的条桌，整体质感差不多。那时光顾着看铜钱了，只知道桌子是老的，却没有放在心上。现在看来，博物馆把此物放在如此重要的位置上，那一定是价值不菲的东西。他仔细回忆，老先生的那张条桌确实跟这张一样格调简约、素雅至极，且充满文人雅士的书卷气息。想到这里，听泉当下买了第二日回家的车票，准备回家一探究竟。

听泉出了博物馆随便找个地方吃了点饭，随后去古玩城找昨天的大哥讨教："大哥，您懂家具吗？我有个问题想请教。"大哥说："我以前倒是玩过，也收过几件好东西，但是很久没有经营此项了，好坏我知道，价格的话现在可能已经落伍了。"听泉拿出手机，把在博物馆拍的照片翻出来："大哥，这张条桌好不好？"大哥一看笑了笑："这不是博物馆的吗？好当然是好，但是上哪儿去找这种东西啊？我以前玩那会儿，这玩意儿都肯定过大几十万了，那时候南京路的房子都能换两套……这种东西看看得了，我没买过那么好的家具。"大哥看了之后摆摆手。听泉虽说听得云里雾里的，但心中兴奋之情已有些无以言表。

第二日回到老家，听泉凭着记忆朝着老先生曾经的住所走去，心想多年未见，不知道老先生可还记得自己。到了地方，墙壁上写满了"拆"字，应该是此处将要拆迁。听泉敲门无人应答，看样子应该是搬家了。听泉一脸沮丧地坐在路边想，这老先生会搬去哪里呢？那张桌子会不会已经不在了……

听泉只好去附近的人家一户户敲门，看看谁还没有搬走，结果并无一户回应。下车时本已是下午，折腾了这一番天色已晚，他只好先回家。洗漱完躺在床上，他想，这一片都要拆了，又多是老年人，左邻右舍就如亲戚一般，年纪大了的人总想大家在一起生活，都是熟悉的圈子，大多数人应该会统一住进安置在别处的回迁房，但是这一片地方不小，估计回迁的小区很大。得先找到小区，然后挨家挨户去打听。想到这里，听泉心中已然有了主意。一大清早，他便托各种熟人四处打听。后来，有个高中同学的爷爷本也是此处居民,便告诉他这一片基本上都拆迁安置在何处。听泉连连道谢,兴奋地来到了老人所说的地方。

这个小区特别大,住户有上千家。听泉没有办法,只能一家一户去找。一连找了好多日,后来连小区的保安都怀疑这孩子不是上门给老头老太太推销什么产品的,就是脑子有毛病。好几次看到他,保安都要把他驱逐出去。听泉绝望之际只能好言解释,并且买烟相送。攀谈以后,保安觉得这孩子不像坏人,并且很有礼貌,就讲:"你这样一户户去找也不是办法,你很多年没见人家了,人家都未必记得你。并且你去敲门的话,万一找到他家,刚好人又不在,不是扑空嘛!这样,大门口是我值班的地方,实在没办法,你就每天坐在那儿等。只要他身体还健康,总得出门遛弯儿、出门买菜吧?"听泉想想确实是这个理儿，于是听从了保安大叔的建议，天天坐在小区门卫那儿等待。

一晃又过去了五六天，听泉从早到晚都守在那里。无聊的时候也只能在门口转转，就连上个厕所都生怕错过，却始终不见老者。后来得知小区并不只有一个门，听泉虽无奈，但也只能在此等待，心中默想老先生如果住在这个小区，就一定会经过此门……

皇天不负有心人，在等待七八日之后，听泉终于看到了一个身影——面色红润、精神抖擞，手里把弄着健身球，哼着小曲从小区里往外走，这正是当年那位老先生。听泉赶忙上去打招呼："老先生，您可还记得我？"老者先是一愣，随即笑道："我当年那个乾隆通宝不是让你买走的嘛，那时候你还是个孩子，多年不见，都长成大小伙子了。"听泉激动地陪着老者散步闲聊。"我这刚搬的家,没多久老房子就要拆了,你还能找到这里来啊!得嘞!老头子我也不能让你白等,我还有一些铜钱,跟你真的有缘,到家里吃个饭。我年纪大了,你看了要喜欢我也让给你。"听泉连忙客气道谢。来到老先生家,吃完便饭,老者便拿出一枚乾隆通宝宝苏母钱,还有几枚光绪宝源的大样。听泉此时已然不是当初那个似懂非懂的孩子了,一番探讨后,老先生竖起了大拇指:"长江后浪推前浪,好得很!"

听泉边聊边偷偷张望,其实此番心思已然不在铜钱上。他已经看到那张心心念念的条桌,上面虽然堆满了杂物,但是此时看来果真"气质"非凡,跟博物馆那张几乎一样秀气,便询问道:"老先生,这张桌子真不错。""小友还懂老家具吗?这张桌子是早年我从旧货市场淘换的。我觉得挺文雅的，应该是明代之物。早年有人给过几万元钱，当时我还没退休呢，想着自己喜欢，所以没有卖的打算。现在年纪大了，我这里也没有地方可以配套。东西肯定是好东西，小友喜欢的话，这样，加上这几个钱币，十万元钱拿走吧。我现在没什么开销，也不懂这东西具体值多少钱。我卖东西讲究个眼缘，你来得也是时候，我留点钱，养养老就成了。"听泉听后欣喜万分，终是不负等待达成心愿。

畅谈一番后，听泉刚想告辞，老先生道："小友等等，当时跟条桌一起的还有一张古琴，只是年久失修，琴弦已经没了。"说完从内室摸索了半天，拿出一张表面风化得极为严重的古琴，不仔细看还以为是一尊朽木，翻过来背面还有题诗落款。听泉道谢过后，叫了车把桌子和古琴拉回了家中。"你这孩子到处乱跑，一回来也不知道折腾啥,咋还弄了个破桌子、破木头回来?脏死了。"母亲嗔怪道。"摆着看看学习学习。"听泉无奈地应付着。

次日,听泉打电话跟光头哥说:"老猩猩,你来我老家一趟,我给你看一件你此生都没见过的好东西。""你发图不就行了?就知道调侃我,在跟我说梦呢吧?啥玩意儿还非得让我跑一趟?"光头哥满不在乎道。听泉随便发了一张照片过去,光头哥看完一脸惊愕:"这玩意儿能是你的吗?这东西是猩猩玩得起的?咋跟沪上博物馆的一模一样?上面还有张明代的古琴!""你看看这照片的背景,这不是我家,难道还是博物馆?你真逗。"听泉得意道。光头哥仔细一看,不到一分钟就已经买好了机票,直接打车赶往机场。

等接到光头哥,听泉兴奋地分享这些费尽千

辛万苦得来的宝贝:"没让你白跑一趟吧?快饱饱眼福,饱饱眼福!"光头哥抚摸着黄花梨琴桌,笑得合不拢嘴。听泉叹息道:"可惜这张琴,坏了。""你懂个锤子,古琴不都是这样?这已经算是保存得很好了,几百年了,都是要自己调过、装上琴拨、上了琴弦,然后才能用的。这样,我认识一个朋友,是调琴高手。我可以让他花大功夫帮你配好老的琴拨,装好琴弦,调好音。但是费用不少,我也不贪,这几个铜钱我拿走,就当作费用了。不是我要你的钱,是我拿你的钱办你的事情。""这……那好吧!"听泉无奈道。"这套东西肯定是几百万的东西,具体值多少我也不清楚,因为我职业生涯没有经手过这么好的。都是兄弟,拿你两个破钱玩玩也就算了,这么大的物件我真不好意思贪你的。"光头哥打趣道。

过了一个月有余,光头哥的朋友已将古琴修

补好、调好音,装上了明代的玉琴拨和传统的琴弦。待光头哥和听泉来到朋友处时,正好院外下起了小雨,朋友伴随着雨声弹了一曲,声音古朴悦耳,似高山,如流水,登苍穹!"好琴啊!"朋友赞叹不已。雨过天晴,听泉抱着古琴从朋友那儿出来,光头哥发自内心地感叹:"你发财了,猩猩果然命好!不过这东西要是出手,我们这个圈子的层次怕要卖漏了,应该去找更大的行家。"

此时,听泉想起那位古玩城的大哥是个行家,于是抱着古琴回到家中,给大哥发了一些图片。大哥看后激动万分:"还真能有啊!上面的琴也是同时期的,当时应该是配套的。"听泉直言不讳道:"我知道大哥是个特别有实力的大行家,身边应该有特别有实力的买家。您帮我联系一下这方面的大藏家,正好现在我也是缺钱。跟您聊过,您也知道我这一路走来从身无分文到负债累累。成了的话,按照行业规矩,给大哥您提百分之十。"大哥听了也很乐意:"得,兄弟既然相信我,把这么好的东西交给我运作,对我来说也是荣幸,我一定不负所托。"

隔了几日,那大哥带着一津门大买家来到听泉家中,价钱远超预期。谈妥了以后,买家开心得合不拢嘴,声称这么好的东西自己都没见过几件,能买到便是缘分。听泉不单把输了的钱赢了回来,还得到了一笔足以完成原始积累的启动资金,自此真正在业内站稳了脚跟,有了跟大行家切磋一下的资本!

一眼真假

又回沪上,因此机缘巧合,听泉凭着自己过人的悟性和智慧,很快便融入了更高的圈子,在和各大行家、藏家的交流中建立了深厚的友谊,很快积累了更多人脉、更大财力。因为热爱,他也常受业内朋友邀请,在各平台上做一些免费鉴定,一来可以增长自己的见识,二来如能有更多机会收点自己喜欢的东西当然也是极好的了。渐渐地,因为专业的知识储备和极高情商的待人接物,听泉在业内已小有名气。

一日,有人登门请听泉去看一批东西,说有

个大主顾、大藏家，想与他交流。听泉不敢怠慢，收拾了一下便坐上了那人的商务车。"您贵姓？"听泉客套道。"免贵姓李，您叫我小李就可以，我是主顾的司机。"一路上，小李一直在吹捧主顾是个大藏家，并且什么都有，博物馆里有的，他更精；博物馆里没有的，他也有。听泉一路上听得云里雾里，有些不敢相信。说话间到了地方，这房子带着花园，一看便知主顾是非富即贵之人。如果小李说的是真的，今日可就大饱眼福了，听泉心想。穿过院子进了屋子，刚坐下，主顾家的阿姨就端上一碗银耳莲子羹，泡了一杯绿茶，茶叶根根立起，应是正宗的明前龙井。阿姨礼貌地说："先生先解解乏，主人马上下来。"真是讲究之人！

吃了两口银耳莲子羹，主人就从楼上下来了，约莫四十来岁，走到听泉跟前寒暄道："想不到老师如此年轻,我搞收藏也搞二十几年了,听说老师见识非凡。"一番客套寒暄之后,主顾就请听泉到内室看东西。听泉看到室内的陈设都是故宫同款的红木家具书柜,墙壁后面博古架上有北魏的石佛、永宣宫廷的精铜造像,甚至还有"国宝"四羊方尊,再看那纹龙画凤的书桌上居然还有汝窑三足洗、龙泉官窑的花器。最夸张的是,请他喝茶的杯子居然是成化斗彩的鸡缸杯,边上的躺椅是康熙年款的黄花梨交椅……只可惜一屋子的"国宝",没有一件是真的!

听泉有些尴尬,不停地搓着手,说破了怕得罪人,假意说这些东西是真的,那确实太荒谬了,他心里根本过不去这个坎儿!他只好先不停地和所谓"富可敌国"的大藏家顾左右而言他地攀谈。

终于等到主顾直入主题地问道:"那老师觉得我这些藏品如何啊?聊聊您自己的看法,我半生的心血都在这里了!""这……"听泉一脸尴尬。"但说无妨。"主顾脸上充满了信心。听泉此时已然骑虎难下,虽怕打击到对方,但也只能诚实相告:"您这两个书柜是故宫里清宫同款的,民间根本不可能有真的。还有那北魏石佛是国宝,汝窑三足奁和成化斗彩鸡缸杯都是当年圣祖爷赏玩之物,真品皆是传承有序、有记载之物。那成化斗彩鸡缸杯前两年国际大拍上拍过一个,好像拍了二点六亿……"主顾听着面上已然挂不住,面色渐渐凝重了起来:"照您的意思,我这一屋子的东西,没一件是真的吗?"

"我个人的看法是这样的。"听泉尽力缓和着尴尬的气氛。主顾不高兴地讲:"我玩了半辈子了，你年纪轻轻才玩几年？能见过多少好东西？都说你眼力好、有学识，我看是徒有虚名，真是扫兴！""我才疏学浅，大哥见谅。"听泉只好尴尬地打着圆场。"小李送客！"司机见主顾不悦，只好说："朋友，你快走吧！"赶鸭子似的把听泉赶了出去。

出了大门走在街上，听泉只觉兴致全无，心情十分糟糕，不免对自己有些怀疑。其实很难叫醒一个装睡的人，有时候这行里说真话也是会得罪人的，就算是得个教训、长个记性吧！其实这么多年来见到一辈子玩假货的人比真正懂古玩的人多出十倍、百倍，他们根本不懂中国古代艺术品之美，美盲就如文盲一样。

听泉此时暗下决心：我一定要弘扬传统文化，让更多人了解真正的传统文化艺术，把中华五千年的文明发扬光大！虽然人微言轻，一个人的力量有限，但去做了也许就能避免很多这样的悲剧和笑话。路虽远，行则将至。事虽难，做则可成！

听泉之缘

不知在老城区的巷子里穿梭了多久,虽然听泉来沪上已经快一年了,却从没来过这个地方,倒是有一番电视剧里旧上海的味道。走到巷子外,是一条车水马龙的老街。街边的一侧居然有一家古玩店,看着门面的苍旧之感,应该已是经营很久了。听泉好奇地走上前去,门虚掩着,店主挂着"营业中"的牌子。轻叩几下,推门进去,便有一阵悦耳的风铃声,应该是门上连了线,挂着一串铃铛,既动听悦耳,也能告诉屏风后面的店主有客登门。这个设计倒是蛮有意思,店主应该是个有情趣的人。

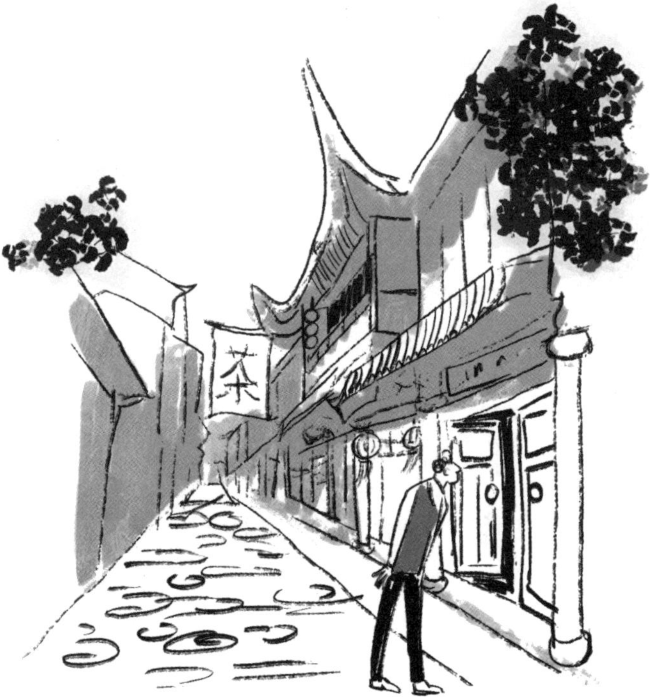
茶

正想着，出来相迎的是一位清瘦的妙龄少女。只见她一袭浅蓝色的麻布旗袍，如宋瓷般安静典雅，发髻绾着，上面插着古玉簪子，弱柳扶风，宛如旧时书香门第的大小姐一般清新脱俗。"先生进来随便看。"少女礼貌地说道。

听泉走进店内，小店虽然坐落在老街，看着陈旧，店内倒是别有味道！外堂装修是那种民国的海派风格，家具陈设极简，各种老物件都被当作装点，摆件和实用品搭配得十分融洽。虽然都是普通旧物，并未见价值不菲的珍品，相得益彰之下空间陈设倒极具品位！

"姑娘真是志趣高远。"听泉边夸边挑选一枚花钱、一串老玉珠子，又问，"您的店真不错，装修得真是别致。这两件小东西要价几何？""第一次登门就冲您的品位给您开个张。"少女浅笑，然后说了个差不多的行情价。听泉觉得对方报价中规中矩就未还价，痛快地付了钱并道谢。少女谦虚回应："先生客气了。现在喜欢这些的年轻人虽然很多，但大多都是看看，像先生这样懂行的太少了。"听泉看着店内的装饰，不禁对面前的女子刮目相看，更是想多多探究一番："姑娘，您家看着也是老店，品位又如此高卓，一定有不少好物。如果方便，可否给个薄面，让我饱饱眼福？"少女答道："看得出来，先生是个好古之人。若先生不急，我请先生喝杯茶。也没什么太好的东西，不知能否入先生高眼，我就随便拿几件请先生赐教一下。"

少女把听泉迎进内室，随即煮上茶，打开背后的红木小柜子。映入听泉眼帘的是挂在里面那些琳琅满目的老玉多宝串。听泉望着这一柜子珠光宝气又不失古韵，可谓颗颗开门，粒粒精彩。

听泉看得出神陶醉。"先生慢慢看,我给您沏茶。"听泉这才反应过来,自己光顾着陶醉其中,似乎有些失礼,忙回应道:"姑娘真是大藏家。看着您年纪应该比我还稍小,藏品居然如此精彩丰富,真是让我不敢想象。""先生请用茶……"少女沏好茶后,跟他攀谈起来。

少女名唤闻嫣,这个店面是他父亲的。父亲热爱收藏,这个店开在闹市,只为了结交同行有缘人。因为店面本就是自家的,家里又有别的营生,所以有没有生意倒也随意。闻嫣从小跟着父亲,耳濡目染,渐渐也喜欢上了传统文化、热爱上了古典美术,所以大学毕业后,父亲就把这个店交给她经营了。

"原来还是世家啊!看得出来,令尊一定是沪上的某位大家吧?"听泉听到这里不禁问道。

"那倒不敢当。"闻嫣边谦虚地说着,边往桌边的小炉里续了一根清香。听泉顺势看去,香具应该是一个手炉的炉身。所谓"手炉",是旧时冬日暖手之物,中间放上木炭,外面裹上布袋,跟今日的热水袋一般功效。旧时有些大户人家不惜费工费时,让当时的能工巧匠定制书房雅玩,设计之精巧、做工之考究,不下任何文房雅器,当时就有张鸣岐、王凤江等制炉大家。听泉细看此炉,手炉之精巧主要体现在炉盖上。此炉盖子大概是没了,但是观其炉身为整块水红铜锤打成型。虽为素器,但是轮廓硬朗、线条苍劲有力,比例恰到好处。

听泉问:"这个炉我能拿起来看看吗?""当然可以啊!"闻嫣把香灰倒了递给听泉,此炉盈盈一握恰到好处,有坠手之感却不显笨重,翻过来炉底还锤叠出四个窝角,工艺之难让人不由得佩服当时工匠高超的手艺。底下还有篆书落款：张鸣岐制。"这盖子还在吗？"听泉问。闻嫣答道："这是我周末在古玩街淘换的，可惜盖子没了。当时看做工精巧，虽然手炉没有盖子没什么经济价值，但是这个炉身确实精美，我还是花了一千五百元买回来点香用了。下面的张鸣岐款应该是寄托款。"听泉激动地说道："这一定不是寄托款，你看整块铜片每个细节都锤叠出来了，每一处都如此妙至毫巅。别看它素，实际上素器比花器更考验功力。如此做工寻常人不可为也，一定是大师之作！我能断定这应该是张鸣岐本人的作品。"

闻嫣托着下巴看着眼前这个学识丰富，仅比自己稍大的年轻人，目光里满是崇拜，心中已然生出十二分好感："您能有如此雅趣，喝完茶我带您去阁楼上看看，上面有一些我从父亲那里挑选来自认为不错的东西。"

听泉跟闻嫣到了阁楼,这似乎是一处民国时期的老建筑,楼上之前应该是个暖阁。上了楼,暖阁上是历代雅玩,多为精品。上方还挂着一块清初书房小匾,上书二字居然是"听泉",边上是当时主人的落款。当时的主人居然也姓丁,相隔二百五六十年,不知是哪位本家先贤居然跟自己不谋而合。听泉唏嘘感叹,心想难不成这是自己的前世?难道缘分真能跨越时空?

这暖阁里的每件藏品均有出彩之处,听泉一边欣赏一边跟闻嫣讲述自己的独到见解。闻嫣像个小迷妹一样听着。不知不觉夜已深,二人互加了微信,便准备回家。"闻嫣,我有个不情之请,能不能把你家暖阁的那个小匾匀给我玩?我也姓丁,出道以来自号听泉。""这……"文嫣面露难

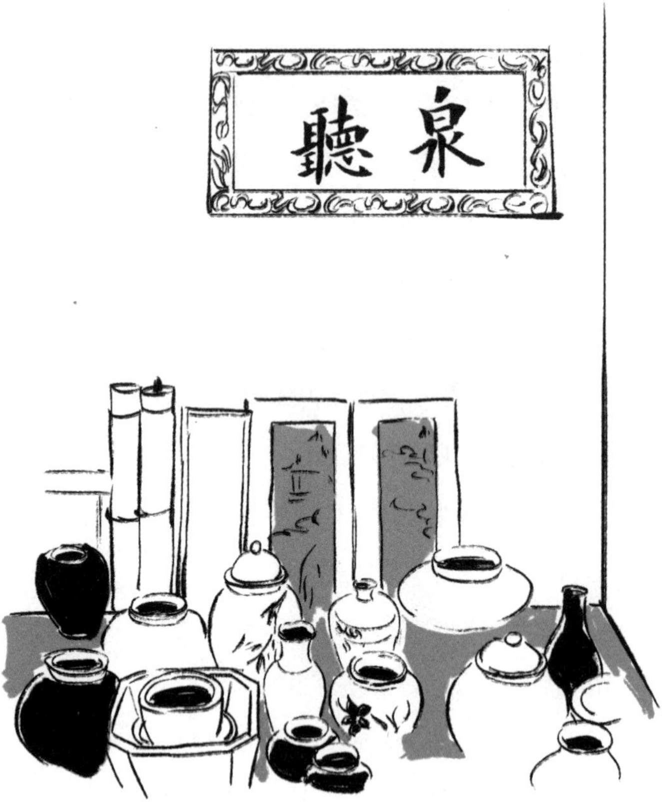
聽泉

色,"阁楼其实从未有客人上去过,上面的任何东西都是非卖品。父亲交代过,这牌匾更是暖阁的招牌。虽然这匾跟你十分有缘,但若父亲知道我不仅带客人上去了,还把牌匾摘走,是万万不会同意的,先生见谅。"听泉心中难免有些失落,但闻嫣都这样说了,也不好再坚持下去。

经过此前的一番交流,此刻的闻嫣真心欣赏这个大男孩,看出其稍有些失落,谁又会舍得让自己喜欢的人失望呢?于是便说:"送给你这个手炉吧。虽然盖子没了,但也算是个好玩的小物件,你比我更懂它。""这怎么好意思呢?"听泉被这姑娘身上大家闺秀的气质深深吸引,拒绝似乎有点让姑娘下不来台,此时此刻说价又显得自己有些不识趣。于是,听泉摘下自己脖子上挂着的一枚俏色螭龙玉环递过去:"姑娘是爱玉之人,今日能认识姑娘三生有幸,我也送你一件礼物。"

闻嫣一看，这玉环黑白二色，螭龙通体黝黑，玉环洁白无瑕，俏色黑白分明，螭龙雕工极精致，乾隆工的细路子，真是上品。"不行，这个太珍贵了。虽然东西不大，但是我知道价格不菲。"听泉宛然一笑："闻嫣，你也比我更懂它啊，这不也是良驹遇伯乐？！来，我给你戴上。"然后揣着那半个小手炉说，"天色不早了，我该赶末班地铁回去了。"听泉挥了挥手，便向地铁站跑去。闻嫣用手攥了攥刚被他挂上的俏色螭龙玉环一路不停观赏，如沐春风，脸上带着笑意，到家了都无法消散。

天外有天

两人一见如故,又为同好方家,鉴赏方面各有自己的见解,此后的日子,他们常约着一起在大小市场淘宝。听泉擅长古钱铜杂、金石器物,闻嫣则对古代金银玉器情有独钟。两人均品位高卓又皆是性情中人,可谓取长补短,相得益彰,很快就成为莫逆之交。

这日,两人又在每周末举行的古玩集市淘宝,远远见一个摊上围着一圈人。"闻嫣快!肯定有好东西!"听泉小跑着挤到人群中间往里看去。只见摊上有个做工精致的鸟笼,大约是清中

163

期的物件。上面铜活镏金錾花,提手上方穿一玉环,应该是当时官宦子弟玩鸟的用具。近前看去,笼边坠有一枚铜钱,上有"嘉靖通宝"四字,铜钱铜色金黄,并且比一般嘉靖通宝要大许多,背后应该是"三钱"二字。原来是嘉靖时期的试铸币。听泉看了一眼心中已了然。

只见一买主正在跟货主气急败坏地争吵:"谈好的六万元,你怎么还要把铜钱给摘下来?哪有你这么做生意的?"货主理直气壮地争辩道:"我卖的是笼子,这个铜钱是我自己挂着玩的。曾经有人出二十万,我都没卖,你想什么呢?想'捡漏儿'想疯了吧?"买主大声喝道:"你这是想借鸡生蛋忽悠人吧,你这破鸟笼子最多也就值万八千的。就你这样,谁跟你做生意?跟玩人有啥区别?"货主更是没好气地说:"东西是我的,我爱怎么卖就怎么卖。你爱买不买，买不起别影响我做生意。六万元就想都拿走，您还真以为我是个棒槌？"边上跃跃欲试的吃瓜群众也明白今日这个便宜恐怕是捡不到了，原来不是什么仙丹，而是摊主来扮猪吃老虎的。

人群缓缓退去，只剩下听泉和闻嫣。听泉上前跟摊主点头示意："这枚古钱我可以仔细看看吗？""您看吧，我也就是来玩玩，时间差不多了，快要回去了。"摊主应付道。听泉小心翼翼地一手接过鸟笼，一手拿起拴着的那枚古钱，仔细端详起来。东西开门无疑，并且是传世黄亮，特别惹人喜爱。听泉咬咬牙跟摊主讨价道："这东西我倒是喜欢，这样，您剪下来匀给我吧。听您刚才说有人给过二十万，我也当真，我诚心想要，那我再加一万吧。""不想卖，不好意思朋友，我该回去了。"货主头也不抬地回道，说着把鸟笼接回来准备离去。

还没等听泉反应过来，一只纤细的玉手就按住了货主即将收回的鸟笼："老杨头，您这是又出来消遣别人呢吧？"闻嫣一口吴侬软语笑嘻嘻地跟货主打招呼。货主抬起头，看到是闻嫣，语气立马变得恭敬起来："原来是大小姐啊，又来这里淘宝来了？这地方的好东西都被您弄走了。令尊财力雄厚、眼光独步天下也就罢了，还能生个深得真传的好女儿，真是令人好生羡慕。""老杨头，我从小到大就在这里看你变着法地消遣别人。您可真坏，那笼子不是要六万吗？这样吧，那铜钱不是有人给您二十万吗？您也别扯下来了，我都喜欢，一起二十六万我拿走了。""笼子好说，这铜钱是我自己挂着玩的，在手里十来年了大小姐。"闻嫣道："行了老杨头，您有那么多好东西，别人不知道，我还能不知道吗？还不够玩啊？您要不卖给我，我就告诉我爸您以大欺小。""好了，好了，大小姐，我说不过你。令尊照顾了我半辈子生意，好东西都被他买走了，也不在乎这一个两个，大小姐您拿好。""谢谢老杨，您真好！"闻嫣接过鸟笼子，"钱款我逛完汇您账上。""得，那谢谢大小姐捧场，大小姐慢走。"老杨边起身继续收摊边贫嘴道。

听泉看完闻嫣这一番操作，一脸蒙。等走远之后，他才惊愕地说："闻嫣，这东西二十万元其实也是卡脖子的价。是此物讨我喜欢，所以又多加一万元钱买个情怀。这笼子档次是高，好是好，但毕竟有毛病，不是全品，怎么也值不了那么多，这太超行市了。不过算了，还好东西不错，就算我的吧！"

两人一路聊着，很快就回到了闻嫣店里。

闻嫣把那铜钱和上面那个玉环剪了下来，然后把铜钱递给听泉："祥祥哥哥，我们一人一件。我知道你很喜欢这枚钱，你给一半钱，我给一半钱，合适吧？"听泉闻言："闻嫣，这怎么使得？我是喜欢这枚铜钱，但是无缘无故让你吃亏是万万不能的，都算我的。你把老杨头的卡号给我，我给他转过去。笼子你店里用正合适，你拿去修修，养个鹦鹉什么的也蛮好。"闻嫣"扑哧"一笑道："祥祥哥哥，你好好看看这只玉环。不然他说多少就多少啊，我才不傻呢！"听泉接过玉环，只见这只玉环色如鲜栗，温润如凝脂，应该是上好的黄玉。看着跟以往见过的鸟笼环、袈裟环形状都不太一样，上面是浅浮雕工艺。东西不算大，方寸之间，一面雕刻着九只在云间盘旋的仙鹤云纹，布局极富动感，雕工细如发丝。另一面题有一首诗文：清音迎晓月，愁思立寒蒲。落款为：子冈。听泉不由得赞叹道："老东西能达到这个工艺水平，真是颠覆了我之前的认知，哪怕现在机器这么先进，也没见过能做到这个程度的。这么小的地方，雕九只仙鹤还有祥云，连仙鹤的羽毛都雕出来了，当真匪夷所思，令人震撼！不仔细看这东西，真不敢相信居然能是老的。"

闻嫣道："当时所有人的目光都在这枚铜钱上了，因为它本身就很惹眼。我认识你之前对古钱研究得并不多，但是连我以前都知道嘉靖大钱的后面有记值（背后有记一钱，二钱，三钱……）的都是好东西，如此也就没有人细看这只玉环了。我就正好来了个螳螂捕蝉，黄雀在后，然后顺水推舟就行了啊！祥祥哥哥，这个叫九思环，是明代制玉大家陆子冈手里出来的东西。我父亲有一个陆子冈的发簪，也差不多是这个工艺的高度。平常我们见的子冈款，实际上都是清代的寄托款。我上手见过真的，所以知道真品就是精美到让人乍看之下根本无法想象的那种老物件。因此，一观气韵就断定这只玉环是老的。我们各取所中意的，这不就都不贵了吗？这个笼子其实也是个好物，我拿到苏州修缮一下，里面的配件我找找应该也能配齐。"

听闻嫣在那儿津津乐道地讲述着，听泉心里已折服。原本只当闻嫣是自己的小妹妹，今日已然从她身上看到了未来成为超级大行家的潜质。闻嫣不但心细如丝、眼光毒辣，一眼便能拿准，并且聪明伶俐，"大漏儿"在前能不动声色，最后还能把自己喜欢的东西便宜分享给自己。今日也算给他上了一课，真真是天外有天，人外有人。艺无止境，不可张扬！

从此，两人成为无话不谈的朋友，亦师亦友。既像一起经营事业的合作人，时常相互掌眼，加棒买货；又像一对恋人，生活中常一起出去玩耍，一起逛街购物。听泉还是一如既往地坚持在各大平台上做着免费鉴定，有机会收购到闻嫣喜欢的东西，他总是第一时间跟她分享。只要闻嫣喜欢，他便不管价格直接相赠，然后漫不经心地说："哥都是'捡漏儿'买的，没花什么成本。"闻嫣倒也不拒绝、不揭穿，但是心领神会，自此以后总会拿一些听泉喜欢的古钱小玩意儿，然后告诉听泉："'捡漏儿'买的，我不怎么懂古钱，在我手里也没用。祥祥哥哥，你自己看着给就行了。"

直到有一次某平台拍卖，听泉对一枚题材特别少见的花钱甚是喜欢，因为他刚好在凑这个系列的收藏，并且他对这枚花钱的品相、状态都十分满意，但是他已经加到远超行情的价格还是拿不下。听泉心想，可能是货主心气高，并不是诚心想卖，只好作罢。没想到过了几日，闻嫣拿着那枚花钱摆在了他面前。听泉心中了然，并没有所谓的"捡漏儿"，只是彼此在对方心中的地位已然超越了世俗之情。听泉深知闻嫣如此顶级聪明的女孩，说破了会显得扫兴，一时之间竟不知该说什么。闻嫣只是莞尔一笑道："人生得一知己足矣！"

随着时间的推移，听泉在业内被越来越多的藏友、同好熟知，找他交流的人越来越多。他的各种业务也越来越多，生活忙碌且充实。难得休息一日，听泉打开了原来每日必看的网站论坛贴吧，显示好久未登录了。互联网时代发展迅速，网站贴吧的时代已然没落，各种交流都已转移到手机微信和小程序上了。听泉看着不再那么热闹的贴吧,再看看贴吧上的人所发的东西和下面的评论水平,层次跟当年已无法相比,甚至从听泉专业的角度来看,都有些搞笑。

"怀旧一下,娱乐娱乐吧!"听泉边摇头边笑着感叹。翻着翻着,一条沉下去很久的帖子突然引起了听泉的注意。一个漂亮的杂件——铜的仿藤编,看起来跟真的藤编一模一样。听泉看图上的物件是个手炉盖子,做得特别高抛、饱满,应该为整块红铜锤打成型后再镂空雕刻,仿造成真的藤编盖子一样。乍一看根本不会觉得是铜做的,工艺顶级,一看就不是凡品。这时,听泉想起了闻嫣送的缺盖张鸣岐手炉,看货主标的数据长短,再看铜质几乎一模一样,形状也恰好严丝合缝。一盖一炉不知失散了多少年,居然被他找到了!茫茫人海,芸芸众生,这东西都几百年了,真的比中五百万彩票的概率还低。也许真的是好的古物有灵,冥冥之中注定相逢。

听泉颇为感慨地拨通了货主留的电话,因为帖子沉下去很久了,听泉生怕东西已经没了,所以一刻也不敢耽搁。好在东西还在,货主也觉得毕竟只是一个盖子,哪怕再好也没什么价值,并且挂了那么久,因为无人愿意出高价便只索价五千元。听泉爽快地应了下来,并付了款。货主可能觉得遇到好客户了,一刻也不敢耽搁地赶紧发了特快。次日,听泉便收到了快递。拆开取出炉盖,和炉身一扣,严丝合缝,比例和谐,恰到好处。观整体,每一处细节的恰合更是独具匠心,不愧是名家大师之作!听泉啧啧赞叹道。

听泉看得忘我,良久一条手机短信打断了他与古人的对话,是丹丹发来的消息:"最近好吗?"只四个字便把听泉早已埋藏的思绪、早已远去的过往都挖了出来。"身无彩凤双飞翼,心有灵犀一点通。"他想起了他们刚相识的那首诗,随之飘来的是丹丹如兰的气息,飘过手机,飘进了心里!正是那首诗带给了他数年温柔的陪伴,也让他倾尽所有体会了生离死别、爱恨情殇。听泉鼓足勇气,也只回复了两个字:"蛮好!"过了良久,丹丹鼓起勇气问道:"你能借我点钱吗?家里出点事情,我是实在没办法了,我知道……"

此时此刻,因果循环也好,是非报应也罢,一切的一切在听泉心里已经不再重要。重要的是,从那首诗开始,听泉就明白了极深的爱和极痛的恨,也品味了这人世间百样相思,千般滋味，万种情怀，曾经让他夜夜难寐，任由隔着天涯的痛苦抽打自己的灵魂。不管是学者还是商人，他首先是个人——一个失去真爱却无力寻找的人，茫茫人海，咫尺天涯，不知今生还该不该聚首！也许现实告诉他，这个世界有很多因素让我们疲于奔命，为钱、生活、地位，有时候真的觉得人情似纸张张薄。不管是因为谁的自私狭隘，那种失去挚爱的感觉，那种深入骨髓的伤痛让人难以忘怀。那个女孩，那段深情，这繁华城市，这芸芸众生，如何能让自己忘掉那张被世俗打败却又精致的脸？"你需要多少？"此时，听泉已然麻木，也不知道用什么语言表达，更不知该如何安慰对方。"我需要六万。"丹丹小心翼翼地说道。听泉直接用微信转了六万元过去，然后再也没有看信息的勇气。

次日,闻嫣约他喝茶。茶未泡好,闻嫣便已然看出他无精打采、心不在焉:"我们中国人喝茶讲究清、敬、怡、真,人生亦是如此。"又用细腻而婉约的吴侬软语道,"今日,这红茶煮到这个辰光刚刚好!"然后斟了一杯敬给听泉。此时,眼泪已然在眼眶里打转的听泉说道:"生我者父母,知我者闻嫣!"随后,他把这些年一路走来的经历一股脑儿地讲给了闻嫣。闻嫣只是沏茶倾听,不发一言。直到听泉说完,闻嫣才道:"既如此,你便回去看看吧。不管你放不放得下,不管现实是否不堪,只要去面对,我都相信我哥永远是世界上最棒的。"

良久,听泉平复了一下游走的思绪,缓缓道:"算了!人要向前看,时间不会只停留在过去的某一刻,我也不能只活在过去的那些年。不管东西也好,人也罢,曾经拥有过,那便是幸福。自然界亦有花开花落，人世间的缘尽缘散或许早已有了定数！故事到最后，总会落幕。再回头去看，不一定是当初那番风景了。我本将心向明月，奈何明月照沟渠！"

闻嫣道："哥，我听了你的故事之后，其实觉得你们不是一路人。在她选择世俗的那一刻便告诉你了，你们并不是一路人。与其说她爱你，不如说她很看好你，真爱你的人怎么会不去了解你呢？她并不了解你，所以当她觉得看错你的时候才会失去勇气。""我只是想用自己喜欢的方式度过自己的一生，有时候我也不知道自己是不是对的。"闻嫣道："既然你在最艰难的时候毅然为她倾其所有，今天人家有难处，你亦慷慨解囊，罢了！哥，你没什么对不起人家的。"

接下来的日子,听泉做着自己热爱的事情,已然慢慢平复了心情。有一日,一个朋友介绍,有个藏家家里有事要出藏品,好东西数不胜数。听泉正好和光头哥一起吃饭、聊天,恰巧聊至此处:"光头哥,那一起去看看吧。正好帮帮别人,兴许还能捡点漏儿。"

到地方以后,看着一屋子琳琅满目的藏品,两人面面相觑,均未敢发一言。听货主讲这是其父亲一生的心血。当年为了买这些东西,几乎花费了一生的积蓄,把南京路的房子都卖了。现在父亲病重,家中又有变故,因为急需用钱,无可奈何才拿出来变卖。两人看着一屋子的假东西,没有一件是真的,但是都像达成共识一般并未揭穿,也许有时候谎言是最大的善意。听泉还假装挑了两件,给了一笔钱。临走时,面对货主的感谢,听泉都没勇气正视人家。"你真是菩萨心肠，咱要告诉他都是假的，估计他会失去生活的勇气。""是啊，光头哥，与其说假货害人，不如说是无知害人。祖宗留下那么璀璨的文明，那么多优美的艺术品。想去了解的人很多，但是真正能做到深入了解的人很少，所以我们是幸运的！我一定要让更多的人了解传统文化，了解这些艺术瑰宝，让更多热爱传统文化的人了解真相，帮他们避免这样的悲剧。我想像徐霞客一样游历四海，观阅文明之璀璨，贩卖世间之美好。""以你的能力，一定能让更多的人了解真正的传统文化，让更多普通人感受到大中华古美术的魅力！梦虽大，但是这次我信你。"光头哥激动地说道。

出发之前，听泉来向闻嫣辞行。一盏茶毕，听泉拿出那个找到盖子的张鸣岐手炉，放在案上："我要出门一段时间，这个手炉盖子我找到了。在我心里，只有你有如此品位和雅趣，所以留给妹妹焚香暖手。"闻嫣惊叹道："原来破镜还真能重圆，我一直以为那都是传说中的故事。""人生得此知己足矣，这是你跟我说的，你是这世上我唯一佩服过的女孩。"临别之际，闻嫣让其留步，然后取出一个包袱："我知道你有自己的梦想要去实现，但也真舍不得你走。今日一别，应该要很久才能相聚吧。不过我了解你，好男儿志在四方，去做你想做的事，一展抱负吧！这个送给你，希望我哥在实现梦想的路上一直一直带着它。"说完给了听泉一个久久的拥抱。听泉回到住处收拾行囊，打开那个包袱，正是那块老匾，"听泉"二字赫然在目。

游历半年，听泉在美丽的天涯海角领略着南国风光。忙碌一天后，听泉打开已是最大的社交平台，开始为粉丝公益鉴宝："无人扶我青云志，我自踏雪至山巅！若是命中无此运，亦可孤身登昆仑。"这是三百年前那个孤勇者徐霞客的宏愿，而今日他要用这份执着和勇气把正能量带给每个需要的人。

无人扶我青云志,